心若放下 云淡风轻

张伊宁 著

文匯出版社

图书在版编目（CIP）数据

心若放下，云淡风轻 / 张伊宁著 . -- 上海：文汇出版社，2016.11

ISBN 978-7-5496-1833-0

Ⅰ. ①心… Ⅱ. ①张… Ⅲ. ①散文集－中国－当代 Ⅳ. ① I267

中国版本图书馆 CIP 数据核字（2016）第 195581 号

心若放下，云淡风轻

出 版 人 / 桂国强
作　　者 / 张伊宁
责任编辑 / 乐渭琦
封面装帧 / 姚姚设计工作室
出版发行 / 文汇出版社
上海市威海路 755 号
（邮政编码 200041）
经　　销 / 全国新华书店
印刷装订 / 三河市金泰源印务有限公司
版　　次 / 2016 年 11 月第 1 版
印　　次 / 2019 年 1 月第 2 次印刷
开　　本 / 889 × 1194　1/32
字　　数 / 178 千字
印　　张 / 8

ISBN 978-7-5496-1833-0
定　价：36.80 元

目录 Contents

第三章 做一个淡淡的人，不攀附，不争抢

第四章 每晚睡前，原谅所有的人和事

第五章 多好，又有新的时光可以惦念

第九章 生活最迷人处，从来都不是如愿以偿

第十章 心宽是对待荣辱最好的道别

第十一章 谁的人生没有输赢，有路就好

第十二章 今天风很大，同时太阳很好

第十三章 在坚硬的世界里，修得一颗自在心

序

愿你已放下，常驻光阴中

曾经有一个老人，一生坎坷，年轻时因战乱而失去了大部分的亲人，而他自己也在战火中失去了一条腿。然而不幸一再降临，他中年丧妻，继而又老年丧子，他不幸的一生，承受了人世间最刻骨铭心的悲痛。尽管如此，他却依然爽朗而快乐地活着，并终于迎来了静谧而安逸的晚年。

有个年轻人自觉生活中充满了无尽的烦恼，不禁惊讶于老人爽朗而乐观的心态，他问老人，经受了这么多的苦难和不幸，为什么没有丝毫的苦痛和伤感。老人沉默良久，随后将一片树叶举到年轻人的眼前，问道："你看，它像什么？"那是一片黄中透绿的叶子，乍一看并没有什么特别。年轻人想道，这或许是白杨树叶，可是，它到底像什么呢？

"你不觉得它像一颗心吗？或者说它就是一颗心？"老人提示道。

年轻人仔细一看，那片树叶果然十分形似心脏，内心禁不住微微一颤。

"再看看它上面都有些什么？"老人进一步问道。

年轻人凑近树叶，仔细端详，这才发现树叶上头有许许多多大小不等的孔洞。但是，这又代表什么呢？

老人收回树叶，置于掌中，用那浑厚而又带着沧桑的嗓音舒缓地说："它在春风中绽出，在阳光中长大。从冰雪消融的春天到寒风萧瑟的深秋，它走过了自己的一生。在此期间，它经受了蚊虫的啃噬、雨水的冲刷，以至于千疮百孔，满目疮痍，然而它并没有因此而凋零，而是完完整整地度过了它的一生。它之所以得以尽享天年，完全是因为它热爱着阳光、雨露，热爱着生之养之的泥土，热爱着自己的生命，同时也热爱着生命中的那一切磨砺和考验。只要能够生长在阳光下，接受雨露的滋润，就是最大的幸福，相较而言，其他的一切，又算得了什么呢？”

老人饱经沧桑的内心就像这片树叶，尽管无情的现实在上面留下了无法抹去的痕迹，他却依然故我地保持着心灵的完整。他没有因为现实的残酷而将自己封闭到阴暗的角落，进而开始怀疑人生，而是依然相信爱，相信美，相信人性中一切美好的品质，相信即使遭遇再大的狂风骤雨，终将拨云见日，一切总会过去。老人平和而淡然地面对自己的人生，不执拗于对充满苦痛的过往的回忆，坦然地享受着余生的美好。没有过多的欲念的侵扰，没有过分的执拗与执着，老人保有了笑容，因而也保有内心的恬静与幸福。

年轻人正处于“为赋新词强说愁”的年纪，年少如他，是否能够明白，老人的智慧恰恰在于懂得“放下”。人生在世，难免经受各种各样的苦难与磨砺，然而即使整个世界都将你抛弃，你依然拥有选择快乐或者悲伤的权利。

放下对痛苦过往的回忆，放下内心的累累伤痕，舍得茫茫人世间的一切名与利，包容他人的有心之过抑或无心之失，不去过分计较人生的公平与不公平，只有如此，方能明了幸福的真谛。

不幸福只因不单纯。幸福有时并不源于获得了多少，而源自于放下了多少。时时面带微笑，日日向着阳光，宁静淡泊，清心豁达，烦恼与不快自会离你而去，这就是放下的幸福真谛。人生的道路很长，很宽敞，要懂得适时放下。生活的目的不在于与人赛跑，而在于享受一缕阳光、一片花香的生命旅程。

幸福其实很简单，只要你把一切放下，它就来了。

愿你已放下，常驻光阴中。

第一章

咸也好，淡也好，不辜负便好

简化生活

弘一法师出家前的头一天晚上，与自己的学生话别。学生们对老师能割舍一切遁入空门，既敬仰又觉得难以理解，一位学生问：“老师何为而出家？”

法师淡淡答道：“无所为。”

学生进而问道：“忍抛骨肉乎？”

法师给出了这样的回答：“人世无常，如暴病而死，欲不抛又安可得？”

世上人，无论学佛的还是不学佛的，都深知“放下”的重要性。可是真能做到的，能有几人？如弘一法师这般放下令人艳羡的社会地位与大好前途，离别妻子骨肉的，可谓少之又少。

“放下”二字，诸多禅味。我们生活在世界上，被诸多事情拖累，事业、爱情、金钱、子女、财产、学业……这些东西看起来都那么重要，一个也不可放下。要知道，什么都想得到的人，最终可能会为物所累，导致一无所有。只有懂得放弃的人，才能达到人生至高的境界。

孟子说，“鱼，我所欲也；熊掌，亦我所欲也，二者不可得兼，舍鱼而取熊掌者也”。当我们面临选择时，不得不学会放弃。弘一法师为了更高的人生追求，毅然决然地放下了一切。

一个青年背着一个大包裹千里迢迢跑来找无际大师，他说：“大师，我是那样孤独、痛苦和寂寞，长期的跋涉使我疲倦到极点，我的鞋子破了，荆棘割破双脚；手也受伤了，流血不止；嗓子因为长久的呼喊而暗哑……为什么我还不能找到心中的阳光？”

大师问：“你的大包裹里装的是什么？”青年说：“它对我可重要了。里面是我每一次跌倒时的痛苦，每一次受伤后的哭泣，每一次孤寂时的烦恼……靠了它，我才能走到您这儿来。”

于是，无际大师带青年来到河边，他们坐船过了河。上岸后，大师说：“你扛了船赶路吧！”“什么，扛了船赶路？”青年很惊讶，“它那么沉，我扛得动吗？”“是的，孩子，你扛不动它。”大师微微一笑，说：“过河时，船是有用的。但过了河，我们就要放下船赶路。否则，它会变成我们的包袱。痛苦、孤独、寂寞、灾难、眼泪，这些对人生都是有用的，它能使生命得到升华，但须臾不忘，就成了人生的包袱。放下它吧！孩子，生命不能背负太多。”

青年放下包袱，继续赶路，他发觉自己的步子轻松而愉悦，比以前快得多。原来，生命是可以不必如此沉重的。

痛苦、孤独、寂寞、灾难、眼泪，它们能在一定条件下使生命得到升华。但是如果不把它们放下，就会成为人生的包袱。

我们总是让生命承载太多的负荷，这个舍不得丢掉，那个舍不得丢掉，最终被压弯腰的是我们自己。简化生活，需要我们放下太多的

虚荣，放下太多的功利，放下太多的执着，为我们自己的肩膀减减负。到最后，我们会发现生命原来可以不必太沉重，我们的生命之舟才能得以轻扬。

剔除无用的东西

生命中总有太多与人的本性无关的东西，很多时候，我们常常会被这样的人和事所干扰，最终失去了真实的自我，在歧路上越走越远，找不到回头的道路。

如果我们能把这些无用的却时时烦扰我们的东西从生命中清除出去，那我们就有足够的时间来跟随自己的心，思考整个宇宙，思考这永恒的时间，观察每一事物的瞬息万变，观察什么是生，什么是死。

其实，生命是属于我们自己的，每个人都有一片属于自己的独特的天空。我们所要做的只是不要被别人的言论所左右，找到那片属于自己的天空，我们也便能创造出属于自己的精彩。

一个皇帝想要整修京城里的一座寺庙，他派人去找技艺高超的设计师，希望能够将寺庙整修得美丽而又庄严。

后来有两组人员被找来了，其中一组是京城里很有名的工匠与画师，另外一组是几个和尚。由于皇帝不知道到底哪一组人员的手艺比较好，于是就决定给他们机会做一个比较。皇帝要求这两组人员各自去整修一座小寺庙，而且规定这两个组整修的寺庙必须互相面对面。三天之后，皇帝要来验收成果。

工匠们向皇帝要了一百多种颜色的漆，又要了很多工具；而让皇帝很奇怪的是，和尚们居然只要了一些抹布与水桶等简单的清洁用具。

三天之后，皇帝来验收。

他首先看了工匠们所装饰的寺庙，工匠们敲锣打鼓地庆祝工程的完成，他们用了非常多的颜料，以非常精巧的手艺把寺庙装饰得五颜六色。

皇帝满意地点点头，接着回过头来看看和尚们负责整修的寺庙。他看了一下就愣住了，和尚们所整修的寺庙没有涂上任何颜料，他们只是把所有的墙壁、桌椅、窗户等都擦拭得非常干净，寺庙中所有的物品都显出了它们原来的颜色，而它们光亮的表面就像镜子一般，无瑕地反射出从外面而来的色彩，那天边多变的云彩、随风摇曳的树影，甚至是对面五颜六色的寺庙，都变成了这个寺庙美丽色彩的一部分，而这座寺庙只是宁静地接受这一切。

皇帝被这庄严的寺庙深深地感动了，当然我们也知道最后的胜负了。

我们的心就像是一座寺庙，我们不需要用各种精巧的装饰来美化我们的心灵，我们需要的只是让内在原有的美，无瑕地显现出来。

人生的目的不是面面俱到，也不是多多益善，而是把自己已经掌握的东西得心应手地加以运用。如同宝剑一样，剑刃越薄越好，重量越轻越好。

一只倒霉的狐狸被猎人套住了一条小腿，在没法挣脱的情况下，它毫不迟疑地咬断了那条小腿，然后逃命。放弃一条腿而保全一条性命，这是狐狸的逃生哲学。人生亦应如此，在生活强迫我们必须付出惨痛的代价以前，主动放弃局部利益而保全整体利益是最明智的选择。智者曰："两弊相衡取其轻，两利相权取其重。"趋利避害，这也正是放弃的实质。

现代人总感觉活得很累，身上背负的重担越来越多，原因就在于人们不懂得放弃，放弃那些生命中无用的东西。其实，不管外界如何纷纷扰扰，我们都应该让自己保持一份清静的天地，让心灵不必承受过多的所求和所欲。

简单的生活

浮世中许多人为追求舒适的物质享受、社会地位、显赫的名声等，把自己变得庸碌而烦乱，其中的内涵说穿了，也就是物质享受和对"上等人"社会地位的尊崇。用心于此，人就会像被鞭子抽打的陀螺，忙碌起来——或拼命打工，或投机钻营，应酬、奔波、操心……人们就会发现自己很难再有轻松地躺在家中床上读书的时间，也很难再有与三五朋友坐在一起"侃大山"的闲暇，甚至会忙得忽略了自己孩子的生日，忙得没有时间陪父母叙叙家常……这些让我们失去了简单的快乐，在复杂的社会中失去了自我。

一位得知自己将不久于人世的老先生，在日记簿上记下了这段文字：

"如果我可以从头再活一次，我要尝试更多的错误，不会再事事追求完美。我情愿多休息，随遇而安，处世糊涂一点儿，不对将要发生的事处心积虑地计算。可以的话，我会去多旅行，跋山涉水，更危险的地方也不妨去一去。过去的日子，我实在活得太小心，每一分每一秒都不容有失，太过清醒明白，太过清醒合理。如果一切可以重新开始，我会什么也不准备就上街，甚至连纸巾也不带一块。如果可以重来，我会赤足走在户外，甚至整夜不眠。我会去游乐园多玩几圈木马，多看几次日出，和公园里的小朋友玩耍……只要人生可以从头开始。但我知道，不可能了。”

这位老先生是个地地道道、彻头彻尾的商人，活在尔虞我诈的商场，他曾经倾尽全力，亲力亲为，弄得自己心力交瘁。为此，他总是能找到借口自我安慰：“商场如战场，我身不由己呀！”直到临终老先生才彻底觉悟，生活不需要很多钱，简单生活，让自己快乐才是最珍贵的。

“简单生活”并不是要我们放弃追求，放弃劳作，而是说要抓住生活、工作中的本质及重心，以四两拨千斤的方式，去掉世俗浮华的琐务。卡尔逊说：“简单生活不是自甘贫贱。你可以开一部昂贵的车子，但仍然可以使生活简化。一个基本的概念在于你想要改进你的生活品质。关键是诚实地面对自己，想想生命中对自己真正重要的是什么。”

泰勒是纽约郊区的一位神父。

那天，教区医院里一位病人生命垂危，他被请过去主持临终前的忏悔。

他到医院后听到了这样一段话：“我喜欢唱歌，音乐是我的生命，我的愿望是唱遍美国。作为一名黑人，我实现了这个愿望，我没有什么要忏悔的。现在我只想说，感谢您，您让我愉快地度过了一生，并让我用歌声养活了我的 6 个孩子。现在我的生命就要结束了，但死而无憾。仁慈的神父，现在我只想请您转告我的孩子，让他们做自己喜欢做的事吧，他们的父亲会为他们骄傲。”

一个流浪歌手，临终时能说出这样的话，让泰勒神父感到非常吃惊，因为这名黑人歌手的所有家当，就是一把吉他。他的工作是每到一处，把头上的帽子放在地上，开始唱歌。40 年来，用他苍凉的西部歌曲，感染他的听众，换取那份他应得的报酬。他虽然不是一个腰缠万贯的富豪，可他从不缺少充实于生活中的快乐。他过着简单的生活，有着一颗容易满足的心。

泰勒神父在之后的一次演讲中讲到了这件事，他总结道：

“原来最有意义的活法很简单，就是做自己喜欢做的事，并从中发掘到一颗容易满足的心灵。”

简单生活是简单主义者的生活选择，无论是田园隐居，还是返璞归真，抑或自愿选择清贫如洗。值得提醒的是：“自愿”简单只是途径而不是目的。首先是外部生活环境的简单化。当我们不需要为外在的生活花费更多的时间和精力的时候，也就为内在的生活提供了更大的空间与平静；之后是内在生活的调整和简单化，这时的我们可以更加深层次地认识自我的本质。

我们现在所追求的简单，指的是有快乐意义的生活，真诚、和谐、悠闲且幸福。一个清洁工和一个公司总裁同样可以选择过简单生活；一个隐居者和一个百万富翁同样可以简化生活，充分享受人生的乐趣；一个 8 岁的孩子和一位耄耋老人如果认同简单的做法，他们也同样可以更充分地吸取生活的营养，然后快乐终生。

学会给自己减负，摒弃复杂，过简单的生活，也能诠释幸福。

凡事看开享生活

我们都有过这样的经历：

亲戚送了一盒上等绿茶，舍不得喝，放了很久，却没有想到保存不当，等拿出来喝时才发现受潮发霉了，只好万般不舍地扔掉。

朋友送了一件质地良好的风衣，却因为太喜爱而舍不得穿。等有一天愿意拿出来时，却发现自己的身体已由亭亭玉立而变得臃肿，那件风衣自己竟然无法再穿上了。

朋友出差时送了一盒当地特产的糕点，舍不得吃，待下决心将它“消灭”掉时，却发现早已过了保质期。

……

同样的道理，在我们或长或短的一生中，很多东西也是不能保存，而必须尽情享受的。不能享受人生、享受生活的人，就一定没有快乐。

下面这个小故事就说明了这个道理。

从前有个财主，他对自己地窖里珍藏的葡萄酒非常自豪——窖里保留着一坛只有他才知道的、某种特定场合才能喝的陈酒。

州府的总督登门拜访。财主提醒自己：“这坛酒不能仅仅为一个总督启封。”

地区主教来看他，他自忖：“不，不能开启那坛酒。他不懂这种酒的价值，酒香也飘不进他的鼻孔。”

王子来访，和他同进晚餐。但他想：“区区一个王子喝这种酒过分奢侈了。”

甚至在他亲侄子结婚那天，他还对自己说：“不行，接待这种客人，不能拿出这坛酒。”

一年又一年，财主死了。

下葬那天，那坛陈酒和其他酒坛一起被搬了出来，左邻右舍的农民把酒统统喝光了。谁也不知道这坛陈年老酒的久远历史。

对他们来说，所有倒进酒杯里的仅仅是酒而已。

在条件允许的情况下，我们应该尽情享受生活，没有必要像苦行僧似的，总是一味虐待自己。懂得享受生活的人，比一般人更能感觉到生活的乐趣和人生的幸福。

著名的钢琴大师鲁宾斯坦有次给朋友一盒上等雪茄，朋友表示要好好珍藏这一特别的礼物。“不，不要这样，你一定要享用它们，这种雪茄如人生一样，都是不能保存的，你要尽情享受它们。没有爱和不能享受人生，就没有快乐。”钢琴大师对朋友说。

钢琴大师的话蕴含深奥的人生哲理，我们每个人都有必要读懂它，记住它，运用它。可是在现实生活中，类似下面这样的事情还是经常在我们身上发生。

玛丽家里有 3 个开水瓶。平时，只要哪个开水瓶里没有水了，玛丽总会及时去烧开水，把那空着的水瓶注满。

这天，玛丽烧好水，刚注满两个空着的开水瓶，玛丽的丈夫走过来，拿起其中一个就往茶杯里倒水。玛丽制止住了他，指了指另一个瓶说：“先喝昨天烧的。”丈夫只好放下手里的水瓶，提起那个水瓶，往杯里一倒，水已不热。丈夫虽皱了皱眉，但他还是从容地喝了这凉开水。他知道，如果不喝，玛丽又会说，自己家烧的水，不能像公司里那样，隔夜的开水凉了就倒掉。

玛丽天天都要烧开水，但玛丽一家人天天都只喝凉开水。

玛丽买了一箱梨。买回当天，玛丽清理出几个烂梨。她把好梨装回箱子时，把那几个烂梨剜去烂掉的部分，洗净，然后动员全家人一起“消灭”。

过了几天，玛丽打开箱子，发现又烂了几个梨。她再次把烂梨清理出来，剜去烂掉的部分洗净，再次动员全家一起突击吃烂梨。梨仍在烂。结果，玛丽一家吃了一箱烂梨。

玛丽家有了冰箱后，玛丽上街买菜一次便买很多，回来时，便把冰箱塞得满满的。这样可以吃上一些日子。

玛丽每次发现冰箱里面的菜不多了，便提上菜篮子，上街又狠狠地采购一批。回来时，除了菜篮子里装满了，还大包小包提着几个塑料袋。每次把冰箱里原来剩下的菜清出来，把刚买的新鲜菜放进去。玛丽是这样划算的：先前买的菜必须先吃，不然坏了可惜。

玛丽家冰箱里的菜总是在循环，新买的新鲜菜总是被玛丽放进冰箱里，玛丽家每日吃的都是在冰箱里储存了一段时间的菜。

玛丽的丈夫出差回来，给玛丽买了一套流行的套装裙。玛丽很高兴，她把衣裙试了一次后，便舍不得穿，将衣服挂进衣柜里，又穿起那些旧衣服。

玛丽的丈夫仍在不断地给玛丽买时兴的衣服，玛丽也喜欢。可玛丽总是舍不得丢弃旧衣服。一天，玛丽从箱柜里取出自买回来只穿了一次的踏脚裤，玛丽走在大街上，引来了不少人侧目，玛丽却一脸灿烂，为引来如此高的回头率而自我感觉良好。玛丽自己当然不知道，这种裤子早已过时，人们看她就像看见了一个怪物。

玛丽从来都没有想过，要改变喝凉开水、吃烂梨子、吃冰箱菜、穿过时衣服的习惯。她认为这是生活中一种美德。

如果换个方式想一想，其实人生很多时候需要舍弃一些东西，这不但不浪费，而且还能获得更多的东西。

在此需要说明的是，我们提倡尽量享受生活，不是让你超前享受，更不是让你奢侈，而是在有条件的前提下去享受。比如和家人一起看场电影，和朋友一起做一次短途旅行，和心爱的人一起享受一顿美食，等等。总之，该享受的时候绝不吝啬，这样的日子才会过得有滋有味，这样的日子才是好日子。

不拿别人的标准来衡量自己

人生来时双手空空，却要让其双拳紧握；而等到人死去时，却要让其双手摊开，偏不让其带走财富和名声……明白了这个道理，人就会对许多东西看淡。幸福的生活完全取决于自己内心的简约而不在于你拥有多少外在的财富。

18 世纪法国有个哲学家叫戴维斯。有一天，朋友送他一件质地精良、做工考究、图案高雅的酒红色睡袍，戴维斯非常喜欢。可他穿着华贵的睡袍在家里踱来踱去，越踱越觉得家具不是破旧不堪，就是风格不对，地毯的针脚也粗得吓人。慢慢地，旧物件挨个儿更新，书房终于跟上了睡袍的档次。戴维斯穿着睡袍坐在帝王气十足的书房里，可他却觉得很不舒服，因为“自己居然被一件睡袍胁迫了”。

戴维斯被一件睡袍胁迫了，生活中的大多数人则是被过多的物质和外在的成功胁迫着。很多情况下，我们受内心深处支配欲和征服欲的驱使，自尊和虚荣不断膨胀，着了魔一般去同别人攀比，谁买了一双名牌皮鞋，谁添置了一套高档音响，谁交了一位漂亮女友，这些都会触动我们敏感的神经。一番折腾下来，尽管钱赚了不少，也终于博得“别人”羡慕的眼光，但除了在公众场合拥有一两点流光溢彩的光鲜和热闹以外，我们过得其实并没有别人想象得那么好。

一定意义上来说，人都是爱慕虚荣的。人往往忽视了自己内心真正想要的是什么，而是常常被外在的事情所左右。幸福不是别人说出来的，而是自己感受的，人活着不是为别人，更多的是为自己而活。

《左邻右舍》中提到这样一个故事：

男主人公的老婆看到邻居小马家卖了旧房子，在闹市区买了新房，眼红了，也非要在闹市选房子，并且一定要和小马住同一栋楼，而且一定要选比小马家房子大的那套。当邻居问起的时候，她就很自豪地说：“不大，一百多平方米，只比304室小马家大那么一点儿！”气得小马老婆灰头土脸的。

过了几天，小马的老婆开始逼小马和她一起减肥，说是减肥之后，他们家的房子实际面积一定不会比男主人公家的小，男主人公又开始担心自己的老婆知道后会不会让他跟着一起减肥……

这个故事自己看起来荒唐可笑，却时常在我们的生活中发生。人将自己的生活沉浸在了一个不断与人比较的困境中，被自己生活之外的东西所左右，岂不是很可悲？

人生本就短暂，真正属于自己的快乐更是不多，为什么不能为了自己而完完全全、真真实实地活一次？为什么不能让自己脱离总是建立在别人基础上的参照系？

当我们把追求外在的成功或者“过得比别人好”作为人生的终极目标的时候，就会陷入物质欲望为我们设下的圈套。它像童话里的红舞鞋，漂亮、妖艳而充满诱惑，一旦穿上，便再也脱不下来。我们疯狂地转动舞步，一刻也停不下来，尽管内心充满疲惫和厌倦，脸上还得挂出幸福的微笑。当我们在众人的喝彩声中终于以一个优美的姿势为人生画上句号时，才发觉这一路的风光和掌声，带来的竟然只是说不出的空虚和疲惫。

画好自己的底线

懂得知足的人往往会量力而行。即使前面有很多诱惑，但是他仍然能够不为所动，仔细斟酌自己一天至多能行多远。尤其是在一条从没走过的道路上，他会花费更多的心思去衡量：何处崎岖，何处坎坷，何处严寒，何处酷热，他都要弄得一清二楚。不管别人给他施加多少压力，或者前方有多少诱惑，他都不急不躁，沿着既定的路线缓缓而行。

蒋方初到广州时，曾为找工作奔波了好长一段时间，起初他见几个跑业务的同学业绩不俗，赚了不少钱，学中文专业的他便找了家公司做业务员，然而辛辛苦苦跑了几个月，不但没赚到钱，人倒瘦了十几斤。同学们分析说：“你能力不比我们差，但你的性格内向，不爱与人交谈、沟通，不善交际，因此不太适合跑业务……”

后来蒋方见一位在工厂做生产管理的朋友薪水高、待遇好，便动了心，费尽心力谋到了一份生产主管的职位，可是没做多久他就因管理不善而引咎辞职了。之后，蒋方又做过公司的会计、餐厅经理等，最终由于各种原因都被迫离职跳槽。

最后，蒋方痛定思痛，吸取了前几次的教训，不再盲目追逐高薪或舒适的职位，而是依据自己的爱好和特长，凭借自己的中文系本科学历和深厚的文字功底，应聘到一家刊物做了文字编辑。相比以前的职位，这份工作薪水不高，工作量却大，但蒋方做得非常开心，工作起来得心应手。几个月下来，他就以自己突出的能力和表现令领导刮目相看，器重有加。

回顾以往的工作历程，蒋方深有感触地说："无论是工作，还是生活，我们都应当根据自己的能力找到合适自己的位置。一味地追逐高薪、舒适的工作，曾让我吃尽了苦头，走了不少弯路。事实上，我们无论做什么事都应结合自身条件，依据自己的爱好和特长去选择相应的事来做。放弃那些不适合自己的东西，生活才会快乐。"

就如同故事里的蒋方，很多人都是受到了生活的诱惑，总觉得自己有能力可以获取更多，可事实是我们还不具备那么多的力量。屈从于诱惑，朝着更大的目标行进，只会加大我们的压力，让自己无法适从。

我们都不是天才，更不是力挽狂澜的伟大人物，我们中的绝大多数只是普通人，许多事超过我们的能力范围，我们当然不能做一个不自量力的傻瓜，因此凡事要尽力而为，量力而行。在我们树立自己高远目标的同时，也要画好自己的底线。永远别好高骛远，同样应避免鼠目寸光。

有一位武术大师隐居于山林中。由于他的名声，人们都千里迢迢来拜访他，想跟他学些武术方面的窍门。他们到达深山的时候，发现大师正从山谷里挑水。

他挑得不多，两只水桶都没有装满水。按他们的想象，大师应该能够挑很大的桶，而且挑得满满的。他们不解地问："大师，这是什么道理？"

大师说："挑水之道并不在于挑多，而在于挑得够用。一味贪多，适得其反。"

众人越发不解。大师从他们中拉了一个人，让他重新从山谷里打了两满桶水。那人挑得非常吃力，没走几步，就跌倒在地，水全都洒了，那人的膝盖也摔破了。

"水洒了，岂不是还得回头重打一桶吗？膝盖破了，走路艰难，岂不是比刚才挑得还少吗？"大师说。

"那么大师，请问具体挑多少，怎么估计呢？"

大师笑道："你们看这个桶。"众人看去，大师在桶里画了一条线。

大师说："这条线是底线，水绝对不能高于这条线，高于这条线就超过了自己的能力和需要。起初还需要画一条线，挑的次数多了以后就不用看那条线了，凭感觉就知道是多是少。这条线可以提醒我们，凡事要尽力而为，也要量力而行。"

众人又问："那么底线应该定多低呢？"

大师说："一般来说，越低越好，因为低的目标容易实现，人的勇气不容易受到挫伤，相反能培养起更大的兴趣和热情，循序渐进，自然会挑得更多，挑得更稳。"

也许我们平时会把某个目标定得很高，不过真正实行起来还是要量力而行，不能为了所谓的面子或其他原因勉强自己，否则多半会令自己后悔不已。在明知自己可能做不到的情况下还固执地前行，不是执着而是愚蠢。

不随波逐流

大梅禅师学了很多年禅，尽管他学习十分努力，但是一直没有悟道。有一天，他去请教马祖禅师："佛是什么？"马祖禅师回答："即心即佛。"大梅禅师恍然大悟。

开悟后，大梅离开了马祖禅师，下山弘扬佛法。当马祖禅师听说大梅开悟的时候，不太相信，心想："以前他学了那么多年佛法，怎么一下子就开悟了呢？且叫一个人去试他！"于是马祖派自己的弟子前去试探大梅。

这个人见到大梅禅师，就问道："师兄，师父说了什么话让你顿悟了呢？"

大梅回答："即心即佛。"

这个人说："师父现在已经不说'即心即佛'了！"

大梅惊奇地道："哦！那他现在说什么？"

那个人说："老师现在经常说'非心非佛'。"

大梅听了以后，笑着说："这个老和尚，不是存心找人麻烦吗？我才不管他的什么'非心非佛'，我依然坚持我的'即心即佛'。"

这个人回去将事情的经过告诉了马祖禅师，禅师激动地说："梅子真的成熟了。"意思是说，大梅禅师真的是开悟了。

人应该有自己的主见，坚信自己是正确的；不要人云亦云，被别人，被那些声色犬马、名利权位牵着鼻子走路。

今天的社会已与古代社会有很大不同，然而就人的心理、情绪而言，古今仍有许多相通之处：喜欢随波逐流，人云亦云，这种精神负担使得人们放不下世俗的观念，劳心费力地争相追逐那些大家都追捧却对自己毫无意义的东西。

黄龙慧南禅师问身旁的侍者："你相信吗？"

侍者急忙放下手中的《华严经》，不巧碰倒了桌上的茶水，茶水弄湿了衣衫也顾不得擦拭，忙着答道："相信。"

"百千三昧，无量法门，合成一句话说给你听，你相信吗？"

侍者更不敢大意了："能得师父教诲，岂敢不信？"

黄龙慧南禅师点点头，伸手指着左边："走到这儿来。"

侍者整整衣衫，起身，恭恭敬敬要走……

黄龙慧南禅师忽然低声呵斥道："随声逐色，有什么了结的时候？人云亦云，何时了了？出去！"说完，闭上眼睛。侍者不知所从，黯然低头走出方丈室。

在殿角，遇见值殿的师兄，忍不住诉苦。值殿师兄听了侍者如此这般的诉说，眼光一亮："我懂了，师父是在考验你对佛法的体悟。百千经典、山河大地，都是佛法，你要有自己的取舍，才能解脱，处处无乖张。你看我的……"说完，拉着侍者走回方丈室，敲门，进入……

黄龙慧南禅师含笑望着两人，问值殿师："百千三昧，无量法门，合成一句话说给你听，你相信吗？"

"怎敢不信？"

黄龙慧南禅师笑着点点头，指着右边："走到这里来。"

值殿师面带微笑，却稳站在原地未移动。黄龙慧南禅师摇摇头，手一拂："你来亲近我，反而不听我的话，出去！"值殿师僵持原地，与侍者瞠目以对，无奈地离去。门一关，松林里的知了叫了起来，黄龙慧南禅师悠悠笑了。

几天后，黄龙慧南禅师开示大众："有一人，朝看《华严》，暮看《般若》，昼夜精勤，无有暂舍；有一人，不参禅，不论义，把个破席日里睡。此二人同到黄龙，一人有为，一人无为，且道：安下哪个得是？”

看没有人回答，黄龙才点破：“满天佛法，救不了你黑暗的心灵。愚痴的执着，是你的暗狱。”

的确，做人不能随波逐流，人云亦云，如果我们能够保持自己的独立和本色，不为外界的迷惑所动摇，所迷失，打开慧眼，一切迷惘均被撕开，山河大地也就廓然一清，而我们对于以往的愚疾、执着与荒唐，一定会哑然失笑，而又由于心灵的跃升和精神的解缚，生命会展现出新的境界。一切都有了改变，其中也包括价值标准在内。

挣脱心中的绳结

古希腊的佛里几亚国王葛第士，以非常奇妙的方法在战车的轭上打了一串结。他预言：谁能打开这串结，谁就可以征服亚洲。一直到公元前 334 年，仍然没有一个人能成功地将结打开。

这时亚历山大率领军队入侵小亚细亚，他来到葛第士绳结的车前，毫不犹豫地拔剑砍断了绳结。后来，他果然占领了比希腊大 50 倍的波斯帝国。

古有“画地为牢”，以示惩戒，然而今人每每画地为牢，囚禁的不是别人，而是自己。人们总是喜欢将自己的内心死死地囚禁，为金钱，为权势，为爱情，不断地用欲求的枷锁捆绑着自己，在不知不觉间，将自己快乐的权利尽数消磨。佛曰：放下！放下才能快乐和自在，但这又谈何容易。名缰利锁时刻缠绕着我们的身心，使我们陷入世俗红尘的泥淖中不能自拔。

有一个年轻人从家里出门，在路上看到了一件有趣的事，正好经过一家寺院，便想考考老禅师。他说："什么是团团转？"

"皆因绳未断。"老禅师随口答道。

年轻人听了大吃一惊。

老禅师问道："什么事让你这样惊讶？"

"老师父，我惊讶的是，你是怎么知道的呢？"年轻人说，"我今天在来的路上，看到了一头牛被绳子穿了鼻子，拴在树上，这头牛想离开这棵树，到草场上去吃草，谁知它转来转去，就是脱不开身。我以为师父没看见，肯定答不出来，却没想到你一口就说中了。"

老禅师微笑道："你问的是事，我答的是理；你问的是牛被绳缚而不得脱，我答的是心被俗务纠缠而不得解脱，一理通百事啊。"

年轻人大悟。

细想想，我们的人生不也常被某些无形的绳子牵住了吗？像老牛一样围着树干团团转，总解脱不了。"放下"，这是非常不容易做到的，世上的人有了功名，就对功名放不下；有了金钱，就对金钱放不下；有了爱情，就对爱情放不下；有了事业，就对事业放不下，因而只能活在痛苦之中。

有时候，扰乱我们心神的，往往并不是现实中的东西，而是藏于心中的"罗刹"。名利、欲望、奢求就如同"罗刹"一般，始终诱引着人去想它。为了钱，为了权，为了欲，为了名，我们日日夜夜、东西南北团团转。明知道它是可怕的，却又忍不住去注意它。当你惹它注意时，你已经无法摆脱它了。

其实，人生中不如意事十之八九，得失随缘吧，不要过分强求什么，不要一味地去苛求些什么。世间万事转头空，名利到头一场梦。想通了，想透了，人也就透明了，心也就豁然了。

第二章

晴天时爱晴，雨天时爱雨

人生不必太执着

有两个不如意的年轻人，一起去拜望一位禅师：“师父，我们在办公室被欺负，太痛苦了，求您开示，我们是不是该辞掉工作？”两个人一起问。禅师闭着眼睛，隔半天，吐出五个字：“不过一碗饭。”就挥挥手，示意两个年轻人退下了。

回到公司，一个人递上辞呈，回家种田，另一个却没动。日子真快，转眼十年过去。回家种田的，以现代方法经营，加上品种改良，居然成了农业专家。另一个留在公司里的，也不差，他忍着气，努力学，渐渐受到器重，后来成为经理。

有一天两个人相遇了，“奇怪！师父给我们同样‘不过一碗饭’这五个字，我一听就懂了，不过一碗饭嘛！日子有什么难过？何必硬巴着公司？所以辞职。”农业专家问另一个人，“你当时为什么没听师父的话呢？”“我听了啊！”那经理笑道，“师父说‘不过一碗饭’，多受气，多受累，我只要想‘不过为了混碗饭吃’，老板说什么是什么，少赌气，少计较，就成了！师父不是这个意思吗？”两个人又去拜望禅师，禅师已经很老了，仍然闭着眼睛，隔半天，答了五个字：“不过一念间。”

对于我们每一个人来说，没有一样东西是可以完完全全、真真正正抓住的，无论是物，还是人。因此不必斤斤计较，刻意追逐。

敬贤禅师的弟子喜欢画画。在经过一段时间的苦练之后，他想画出一幅人人见了都喜欢的画。画完了，他拿到市场上去展出。画旁放了一支笔，并附上说明：“每一位观赏者，如果认为此画有欠佳之笔，均可在画中标上记号。”

晚上，小和尚取回了画，发现整个画面都涂满了记号——没有一笔一画不被指责。小和尚十分不快，对这次尝试深感失望。敬贤禅师让他换一种方法去试试。

小和尚又摹了一张同样的画，拿到市场展出。

可这一次，按照师父的建议，他要求每位观赏者将其最为欣赏的妙笔都标上记号。当小和尚再取回画时，他发现画面又被涂遍了记号。一切曾被指责的笔画，如今却都换上了赞美的标记。敬贤禅师问弟子：“通过这件事，我们可以悟出什么？”

“师父！”小和尚不无感慨地说，“我觉得我发现了一个奥妙，那就是：我们不管干什么，只要使一部分人满意就够了；因为，在有些人看来是丑恶的东西，在另一些人眼里则恰恰是美好的。”

不必过于执着他人的眼光和看法，我们无论怎么做都无法让所有的人都满意，这时索性让自己满意就行了。人生路有多条，何必将自己逼进死胡同呢？

放下对外物的执着，才能让自己进退自如。常言道，天无绝人之路。

上帝在关闭一扇门时，就会打开另一扇窗。在人生走到歧路或困境时，千万不要绝望灰心。因为正有另一条大路向我们展开坦途。人生有无数条路，条条大路通罗马。一条路走不通，那就换另一条路来走。

做一条反向游泳的鱼

艺术家说：学我者生，似我者死。

文学家说：抄袭是埋葬一切才华的坟墓，创新是精品产生的源泉。

经济学家说：逃离竞争残酷的红海，奔向空间无限的蓝海。

做一条反向游泳的鱼，不走寻常路，才能看到别样风景；不走寻常路，是因为心系远方。

当你面对一个史无前例的问题，沿着某一固定方向思考而不得其解时，灵活地调整一下思维的方向，从不同角度展开思路，甚至把事情整个反过来想一下，那么就有可能反中求胜，摘得成功的果实。

宋神宗熙宁年间，越州（今浙江绍兴）闹蝗灾。只见蝗虫乌云般飞来，遮天蔽日。所到之处，禾苗全无，树木无叶，一片肃杀景象。当然，这年的庄稼颗粒无收。

这时，素以多智、爱民著称的清官赵汴被任命为越州知州。赵汴一到任，首先面临的是救灾问题。越州不乏大户之家，他们有积年存粮。老百姓在青黄不接时，大都过着半饥半饱的日子，而一旦遭灾，便缺大半年的口粮。灾荒之年，粮食比金银还贵重，哪家不想存粮活命？一时间，越州米价腾贵。

面对此种情景，僚属们都沉不住气了，纷纷来找赵汴，求他拿出办法来。借此机会，赵汴召集僚属们来商议救灾对策。

大家议论纷纷，但有一条是肯定的，就是依照惯例，由官府出告示，压制米价，以救百姓之命。僚属们七言八语，说附近某州某县已经出告示压米价了，我们倘若还不行动，米价天天上涨，老百姓将不堪其苦，会起事造反的。

赵汴静听大家发言，沉吟良久，才不紧不慢地说："今次救灾，我想反其道而行之，不出告示压米价，而出告示宣布米价可自由上涨。"众僚属一听，都目瞪口呆，先是怀疑知州大人在开玩笑，尔后看知州大人认真的样子，又怀疑这位大人是否吃错了药，在胡言乱语。赵汴见大家不理解，笑了笑，胸有成竹地说："就这么办。起草文告吧！"

官令如山，赵汴说怎么办就怎么办。不过，大家心里都直犯嘀咕：这次救灾肯定会失败，越州将饿殍遍野，越州百姓要遭殃了！这时，附近州县都纷纷贴出告示，严禁私增米价。若有违犯者，一经查出严惩不贷。揭发检举私增米价者，官府予以奖励。而越州则贴出不限米价的告示，于是，四面八方的米商闻讯而至。

开始几天，米价确实增了不少，但买米者看到米上市的太多，都观望不买。过了几天，米价开始下跌，并且一天比一天跌得快。米商们想不卖再运回去，但一则运费太贵，增加成本，二则别处又限米价，于是只好忍痛降价出售。这样，越州的米价虽然比别的州县略高点，但百姓有钱可买到米。而别的州县米价虽然压下来了，但百姓排半天队，却很难买到米。所以，这次大灾，越州饿死的人最少，受到朝廷的嘉奖。

僚属们这才佩服了赵汴的计谋，纷纷请教其中原因。赵汴说："市场之常性，物多则贱，物少则贵。我们这样一反常态，告示米商们可随意加价，米商们都蜂拥而来。吃米的还是那么多人，米价怎能涨上去呢？"

不迷信原有的传统观念和经典信条，对既定事物进行批判性的思考，体现的是一种叛逆精神。这种思维在一般人看来是不合情理甚至是荒谬的，但正是因为采取这种逆向思维，思考者才得以摆脱传统观念和习惯势力的束缚，向着新的成果跃进，创造出新的观念和理论来，导致新旧理论的更替和生活面貌的改变。

逆向思维本身就是灵感的源泉。遇到问题，我们不妨多想一下，能否从反方向考虑一下解决的办法。反其道而行是人生的一种大智慧，当别人都在努力向前时，你不妨倒回去，做一条反向游泳的鱼，去寻找属于你的终南捷径。

抛却执着的妄念

西堂智藏是马祖道一禅师的弟子。他住持西堂后，有一次一位俗家人士问："禅师，请问有天堂和地狱吗？"

禅师答："有。"他又问："有佛、法、僧三宝吗？"禅师答："有。"他还提了许多问题，禅师全都回答："有。"那人说："和尚这样回答,恐怕错了吧？”禅师就问:“难道你见过得道高僧了吗？”那人答:“我曾经参见过径山和尚。”禅师问:“径山对你怎么说的？”那人答：“他说一切都无。”禅师问：“你有妻子吗？”他回答：“有。”禅师问：“径山和尚有妻子吗？”那人答：“无。”禅师说：“径山和尚说无是对的。”那人行礼道歉后满足地离去了。

俗家人士的回答为什么有问题呢？原因就在于他还有对错之分，一个执着于对错的人，当然就是一个妄念没有去除的人。

一个人要学习超然物外，不要执着于万事万物，因为尘世间万事万物均是无常。不要执着，不代表不让生活中任何感情和经验穿越心扉。事实恰恰相反，我们要让所有情绪、体验、经验穿透心房，只有真实地去接受、体会和认清这些经验，才能让它离开，不再执着。

赵州禅师是禅宗史上有名的大师,他对执著也有很精彩的解释。

众僧请赵州和尚住持观音院。一天，赵州和尚上堂说法：“比如明珠握在手里，黑来显黑，白来显白。我老僧把一根草当作佛的丈六金身来使，把佛的丈六金身当作一根草来用。菩提就是烦恼，烦恼就是菩提。”有僧问：“不知菩提是哪一家的烦恼？”赵州和尚答：“菩提和一切人的烦恼分不开。”又问：“怎样才能避免？”赵州和尚说：“避免它干什么？”

又有一次,一个女尼问赵州和尚:“佛门最秘密的意旨是什么？”赵州就用手掐了她一下，说：“就是这个。”女尼道：“没想到你心中还有这个。”赵州说：“不！是你心中还有这个！”

赵州禅师的话语给我们以足够的启示。人为什么放不下，就因为他们还在执着，而执着的人就不会绝对自在。

人生永远不断有明天，何必总是看过去呢？天黑又天亮，昨天、

今天、明天是现象的变化，天亮了把黑暗盖住，天黑了又把光明盖住，互相轮替，黑暗光明，光明黑暗，在变化中不增不减，所以生活中的我们，一定不要被现象所骗。执着于变幻无常的世间一切，就是一种虚妄。不执着了，就会享受当下，坦然接受一切，那逍遥的境界也就不远了。

寻明心，安身心

认识心内的世界，首先要认识我们的心。由识心而找心，由找心而明心，由明心而安心。人，若能悟到这一层次，就算是修行到了真正的境界。如果心心念念住在某一种东西上，或住在某一种习气上，始终不能解脱，就很难认清自己，更无法与这世界形成和谐的关系。

因此，一个看清自己，认识自己，看透外界的人，必须学会不要将自己的心执着于任何观念和习气上。

马祖道一禅师是南岳怀让禅师的弟子。他出家之前曾随父亲学做簸箕，后来父亲觉得这个行当太没出息，于是把儿子送到怀让禅师那里去学习禅道。在般若寺修行期间，马祖整天盘腿静坐，冥思苦想，希望能够有一天修成正果。有一次，怀让禅师路过禅房，看见马祖坐在那里面无表情，神情专注，便上前问道："你在这里做什么？"马祖答道："我在参禅打坐，这样才能修炼成佛。"怀让禅师静静地听着，没说什么走开了。第二天早上，马祖吃完斋饭准备回到禅房继续打坐，忽然看见怀让禅师神情专注地坐在井边的石头上磨些什么，他便走过去问道：“禅师，您在做什么呀？”怀让禅师答道：“我在磨砖呀。”马祖又问：“磨砖做什么？”怀让禅师说：“我想把它磨成一面镜子。”马祖一愣，道：“这怎么可能呢？砖本身就没有光明，即使您磨得再平，它也不会成为镜子的，您不要在这上面浪费时间了。”怀让禅师说：“砖不能磨成镜子，那么静坐又怎么能够成佛呢？”马祖顿时开悟：“弟子愚昧，请师父明示。”怀让禅师说：“譬如马在拉车，如果车不走了，你使用鞭子打车，还是打马？参禅打坐也一样，天天坐禅，能够坐地成佛吗？”

马祖把心念执着于坐禅，所以始终得不到解脱，只有摆脱这种执着，才能有所进步。成佛并非执着索求或者静坐念经就可，必须要身体力行才能有所进步。

一开始终日冥思苦想着成佛的马祖，在求佛之时，已经渐渐沦入歧途，偏离了参禅学佛的本意。马祖未能明白成佛的道理，就像他没有明白自己的本心一样，他不了解自己的内心如何与佛同在，所以他犯了“执”的错误。

名师百丈和尚每次说法的时候，都有一位老人跟随大众听法，众人离开，老人亦离开。老人忽然有一天没有离开，百丈禅师于是问：“面前站立的又是什么人？”老人云：“我不是人啊。在过去迦叶佛时代，我曾住持此山，因有位云游僧人问：‘大修行的人还会落入因果吗？’我回答说：‘不落因果。’就因为回答错了，使我被罚变成为狐狸身而轮回五百世。现在请和尚代转一语，为我脱离野狐身。”于是问：“大修行的人还落因果吗？”百丈禅师答：“不昧因果。”老人于言下大悟，行礼说：“我已脱离野狐身了，住在山后，请按和尚礼仪葬我。”百丈禅师真的在后山洞穴中，找到一只野狐的尸体，便依礼火葬。

这就是著名的“野狐禅”的故事，那个人为什么被罚变身狐狸并轮回五百世呢？就是因为他执着于因果，所以不得解脱。

执着就像一个魔咒，令人心想挂念，不能自拔，最后常令人不得其果，操劳心神，反而迷失了对人生、对自身的真正认识。就像一个人做事之前，必须要理解自身所长，才能放手施为地去做事。如果只看到事物的好处而忽略了自身能力，又怎么可能将事情做好呢？这便是寻明心，安身心的魅力所在。

低一下头，弯一下腰

世界是不圆满的，不圆满就会有不如意。正如人生之旅，坎坷多多，难免直面矮檐，遭遇逼仄。在这种情况下，人要学会低头，学会弯腰，学会变通。

弯曲，是一种人生智慧，在生命不堪重负之时，适时适度地低一下头，弯一下腰，抖落多余的负担，才能够走出屋檐而步入华堂，避开逼仄而迈向辽阔。

孟买佛学院是印度最著名的佛学院之一，这所佛学院的特点是建院历史悠久，培养出了许多著名的学者。还有一个特点是其他佛学院所没有的，这是一个极其微小的细节。但是，所有进入过这里的人，当他们再出来的时候，无一例外地承认，正是这个细节使他们顿悟，正是这个细节让他们受益无穷。

这是一个被很多人忽视的细节：孟买佛学院在它正门的一侧，又开了一个小门，这个门非常小，一个成年人要想过去必须弯腰侧身，否则就会碰壁。

其实这就是孟买佛学院给它的学生上的第一堂课。所有新来的人，老师都会引导他到这个小门旁，让他进出一次。很显然，所有的人都是弯腰侧身进出的，尽管有失礼仪和风度，却达到了目的。老师说，大门虽然能够让一个人很体面很有风度地出入，但很多时候，人们要出入的地方，并不是都有方便的大门，或者，即使有大门也不是可以随便出入的。这时，只有学会了弯腰和侧身的人，只有暂时放下面子和虚荣的人，才能够出入。否则，你就只能被挡在院墙之外。

孟买佛学院的老师告诉他们的学生，佛家的哲学就在这个小门里。

其实，人生的哲学何尝不在这个小门里。人生之路，尤其是通向成功的路上，几乎是没有宽阔的大门可通行，所有的门都需要弯腰侧身才可以进去。因此，在必要时，我们要能够学会弯曲，弯下自己的腰，才可得到生活的通行证。

妙善禅师是世人非常景仰的一位高僧，被称为“金山活佛”。他 1933 年在缅甸圆寂，其行迹神异，又慈悲喜舍，所以，直至现在，社会上还流传着他难行能行、难忍能忍的奇事。

在妙善禅师的金山寺旁有一条小街，街上住着一个贫穷的老婆婆，与独生子相依为命。偏偏这儿子忤逆凶横，经常呵骂母亲。妙善禅师知道这件事后，常去安慰这老婆婆，和她说些因果轮回的道理。逆子非常讨厌禅师来家里，有一天起了恶念，悄悄拿着粪桶躲在门外，等妙善禅师走出来，便将粪桶向禅师兜头一盖，刹那间腥臭污秽粪尿淋满禅师全身，引来了一大群人看热闹。

妙善禅师却不气不怒，一直顶着粪桶跑到金山寺前的河边，才缓缓地把粪桶取下来，旁观的人看到他的狼狈相，更加哄然大笑。妙善禅师毫不在意地道："这有什么好笑的？人身本来就是众秽所集的大粪桶，大粪桶上面加个小粪桶，有什么值得大惊小怪的呢？"

有人问他："禅师！你不觉得难过吗？"

妙善禅师道："我一点儿也不会难过，老婆婆的儿子以慈悲待我，给我醍醐灌顶，我正觉得自在哩！"

后来，老婆婆的儿子为禅师的宽容感动，改过自新，向禅师忏悔谢罪。禅师欢欢喜喜地开示他。受了禅师的感化，逆子从此痛改前非，以孝闻名乡里。

妙善禅师将身体看作大的粪桶，加个小的粪桶，也不稀奇。这种认识正是他高尚的人格和道德慈悲的表现，而正是这一刻他弯下了腰，忍住了屈辱，才感化了忤逆的年轻人。

人生有起有伏，不必过于执着，而应当能屈能伸。起，就直上云霄；伏，就如龙在渊；屈，就不露痕迹；伸，就清澈见底。这是多么奇妙、痛快、潇洒的情境。

山不过来，我就过去

人们听说有位大师几十年来练就了移山大法，于是有人找到这位大师，央求他当众表演一下。大师在一座山的对面坐了一会儿，就起身跑到山的另一面，然后说表演完了。众人大惑不解。大师微微一笑，说道："事实上，这世上根本就没有什么移山大法，唯一能够移山的方法就是：山不过来，我就过去。"

我们可能无法改变生活中的一些东西，但是我们可以改变自己的思路。有时，只要我们放弃了盲目的执着，选择了理智的改变，就可以化腐朽为神奇。

拍完集体照后，冲洗出来的照片总有几个闭眼的。闭眼的看见照片，非常生气："我 90%以上的时间都睁着眼，你为什么偏照我一张没精打采的照片？这不是故意歪曲我的形象吗？"

就拍照而言，形象是头等大事，尤其是拍集体照，尽管摄影师喊："一！二！三！"但坚持了半天以后，有的人恰巧在"三"字上坚持不住了，真难办。

后来，摄影师换了一种思路，从而解决了这一难题。他请所有照相者全闭上眼，听他的口令，同样是喊"一，二，三"，但是在"三"字上一起睁眼。果然，照片冲洗出来一看，一个闭眼的也没有，全都显得神采奕奕，十分精神。

众人见了都非常高兴。

当遭遇困境时，一个思路行不通，就要果断地换另一种思路，只有这样，新的创意才会自然而然地产生出来，化解困境的方法也才会随之出炉。

"横看成岭侧成峰，远近高低各不同。"在浩渺无际的思维空间里，如果能从不同角度，用不同的视角观察和思考问题，就能从"山重水复"的迷境中走出来，欣赏到"柳暗花明"的美景。

俗话说：“穷则变，变则通。”没有什么东西是永远静止不前的，世易时移，我们的思路也要跟着改变，才能赶上时代的潮流。当一条路走不通时，不要一味“坚持”，而要变换思路，改变陈旧的观念，打破世俗的牢笼。

做心灵的安者

中华文明源远流长，其中的书法文化颇具特色。和其他字体相比，中国的行书具有大小相兼、疏密得体、浓淡相融、收放结合的特点。放则凸显草书风骨，收则尽显楷书风范，堪称收放自如的智慧融合体，笔锋之间是人生的重现。幸福的人生也当如这行书一般，可纵情狂放，也可内敛端正，面对世间万事万物，收放自如，怡然自得地享受着生活。

李白的狂放在整个中国诗歌史上留下了浓墨重彩的一笔，人们皆以为是狂放成就了诗人李白，其实不然。在狂放的心灵之下，李白也懂得克制隐忍，面对红尘俗世收放自如，从容以对，方能潇洒遨游天下，挥洒出众多的名篇佳句。

当年李白到京城赶考，尽管才学过人，却因不愿给主考官杨国忠和宦官高力士等贪财之辈送礼，最终无缘功名。面对李白的才学，杨国忠不无讽刺地批道：这样的书生只能给我磨墨。高力士甚至说：磨墨算抬举他了，他只配给我脱靴。随之把李白推出考场。面对官场如此的黑暗，李白心生气愤，却隐忍克制不发，“此处不留爷，自有留爷处”。

一年后的一天，有个番使来唐朝递交国书，上面全是鸟兽图形。唐玄宗命杨国忠开读，杨国忠如见天书，哪里认得？满朝文武亦无一人能辨认。唐玄宗大怒：“三日之内若无人认得，文武官员一律停发俸禄；六日无人问得，一概免官；九日无人认得，统统问罪。”

后有人推荐李白，李白接过番书，不仅一目十行，还应命代玄宗写诏书。其时，李白见杨国忠、高力士站在两班文武之首，便对唐玄宗说：“臣去年应考，被杨太师批落，被高太尉赶出，今见二人在班，臣神气不旺。请万岁吩咐杨国忠给臣磨墨，高力士为臣脱靴，臣方能口代天言，不辱君命。”唐玄宗用人心急，就依言传旨。杨国忠只得忍气磨墨，高力士只得跪着脱靴。

李白受辱时不怒，受宠时亦不惊。他被拜为翰林学士后，继续受宠，但他主动上书，要求离去。他在《梦游天姥吟留别》诗中这样写道：“安能摧眉折腰事权贵，使我不得开心颜？”李白不为一时一事的宠辱而惊恐，表现了贤人君子超凡脱俗的思想境界。

“欲把西湖比西子，淡妆浓抹总相宜。”西湖如此，西子如此，每个人的人生也应如此，该浓则浓，该淡则淡，浓淡相宜。该浓时，就浓他个轰轰烈烈，全身心地去干事业，闯天下，报效祖国，奉献社会；该淡时，就淡他个心如止水，沉稳恬静，“采菊东篱下，悠然见南山”。名、利、权、势，都是身外之物、过眼云烟，得意淡然，失意泰然。

苏轼的友人王定国有一名歌女，名叫柔奴，眉目娟丽，善于应对，其家世代居住京师，后王定国迁官岭南，柔奴随之，多年后，复随王定国还京。

苏轼拜访王定国时见到柔奴，问她：“岭南的风土应该不好吧？”

不料，柔奴却答道："此心安处，便是吾乡。"苏轼闻之，心有所感，遂填词一首，这首词的后半阙是："万里归来年愈少，微笑，笑时犹带岭梅香。试问岭南应不好？却道：此心安处是吾乡。"

在苏轼看来，偏远荒凉的岭南不是一个好地方，但柔奴能像生活在故乡京城一样处之安然。从岭南归来的柔奴，看上去似乎比以前更加年轻，笑容仿佛带着岭南梅花的馨香。

这则小故事传递给我们的是人生的另一种境界——随遇而安。

"此心安处是吾乡。"直到今天，仍然被无数漂泊者当作自况、自慰之语。在我们生存的这个社会里，多少"身在异乡为异客"的人，因能随遇而安，故而不论在什么样的环境里均能安之若素。能安之若素，方可心无烦忧，一心做自己应做或爱做之事。

"随遇"者，顺随境遇也，"安"者，一可理解为听天由命，安于现状；二可理解为心灵不为不如意之境遇所扰，无论于何种处境，均能保持一种平和安然的心态，并继续坚持自己的追求。前者之"安"，或许可以称为"消极处世"，而后者之"安"，则需要一种良好的心理调节能力，甚至需要一种超脱、豁达的胸襟，不是人人都能做到的。

心灵之安者，其心当恬淡如水，为人处世间进退安如，其人生也自有一番怡然之境。

要有豁达宽广的心

行走于人世间，沟沟坎坎不可避免，事情的发展不会总是按照我们的主观想象进行，大多数时候，万事如意只是一个美好的心愿罢了。一个人只有把一切受物理、环境影响的东西都放掉，才能够逍遥自在，万里行游而心中不留一念。

对于人们来说，想要达到身轻心安的境界，其实是很容易的。只是不要过于执着，不要让自己过得那么辛苦，能够从容放下，那么自由畅快就在眼前。

就在佛在世的时候，有一位波斯匿王出城巡游。国王乘坐在高大的白象上，身边有一群随从围绕在身旁。途中，波斯匿王从远处看到一位白发苍苍的老人走了过来；他生怕这位老迈的长者受到惊吓，即吩咐身边的随从："先停下来！停下来！"他想让老人能慢慢安全地走过来。

这位老迈的长者远远看到国王时，自己也稍微停了下。他望见随从的队伍也停下时，才放心地继续向前走。当长者慢慢地走到这群人的面前时，国王对着他轻声呼唤："老人家！看你白发苍苍，你今年高寿？"

老人仰头看着满脸慈祥的国王，展露天真的笑容，老人缓慢地伸出四个手指头对国王说："我今年才四岁。"

国王听后很怀疑地说："你四岁？"

老人看着国王的眼睛坚定地说："对！我才四岁。因为，我在四年前所过的生活，是很糊涂、懵懂的人生，对于我来说那并不是真正的人生。后来我很幸运地得闻佛法，从此开悟，因为我受佛陀的教育才四年，现在也就是四岁！"

老人看着国王惊讶的表情继续说："如今，我凡事都放得下，不再像以前一样盲目坚持，现在的我一心只想要施舍，在我有生之年尽力去付出。在这个过程中，我体会到付出后让人快乐对于我自己来说是多么一件值得欢喜的事情，不与人计较是如此的自在！由此，我总结了一下这几年的心得，那就是心无烦恼，才能身轻心安！

“这四年来，我过得很逍遥自在，我那时才明白这才是我想要的人生。所以，我真正会做人的年龄才四岁。”

国王听了老人的话后若有所思，然后突然有所悟并欢喜地说：“老人家！你说得很对！人生确实要放得下，舍得付出，与人无争，与世无争，这才是最逍遥的人生。我真的很羡慕你！虽然你听闻佛法才四年，但这四年让你的人生已经变得很有价值了。”

通过老人的故事我们更加能体会到，人生若想过得逍遥自在，无痛无苦，必须要有着豁达宽广的心怀。把令我们沮丧的事放下，把心烦意乱的事情放下，把那些坏心情放下，不要过分执着，以一份淡定从容自由轻松之心对待自己，对待生活。

第三章

做一个淡淡的人，不攀附，不争抢

永恒的内在财富

我们一向以为，浪漫只是有钱人的专利，他们可以用鲜花、烛光、音乐来营造出如梦如幻的多彩世界，却没有想到还有一种不需要金钱的投入也能营造出来的别致的浪漫。作为一个清贫者，应调整好自己现在的心态，按照自己的理想生活。不要以为只有有钱的人才能开心快乐，如果采取适当的方式，即使我们身无分文，也可以开心快乐。

一天中午，太阳火辣辣地炙烤着大地，阳光刺眼，大街上没几个行人，晓芸独自从天桥边走过，看见一个小伙子在吃力地背着个姑娘上天桥。小伙子的额头上渗出细密的汗珠。像这样的事，平时晓芸见多了，所以她开始时并没有太在意。但是当她从他们身边走过的那一瞬间，她突然感到那男孩子的两腿抖得厉害，不像平时遇到的那种玩闹的恋人。于是晓芸走上前去帮忙搀扶，问男孩："她生病了吧？是去医院吗？怎么不打车？"男孩只是低头不语。

来到天桥上，姑娘忽然大笑起来，男孩一边擦脸一边忙向晓芸道歉："对不起，谢谢您，我们是在玩游戏。"

"什么？"晓芸尴尬中有些恼怒。

姑娘好久才停止住笑，上前解释道："今天是我们结婚三周年纪念日，我们特意来逛街，本想买点儿东西庆祝，不过都太贵了，舍不得钱。于是想起以前上学时读过的一篇文章，文章里的主人公就是用这种方式来纪念他们的结婚周年的。于是我们便照做了。

"我们没有钱，我不让他买什么礼物做纪念，可是他有的是力气，所以我才让他背我上天桥，一趟算一年，才背了一个来回，他就累成这样了。若是将来我们结婚三十周年、四十周年，我还让他背我那么多个来回，他还得背……"

姑娘一边心疼地为男孩拭着额头的汗珠，一边又笑了起来。

幸福从未明码标价，就像上述故事中的那对小情侣，没有钱也可以获得幸福。所以，那些把追求财富作为追求幸福的资本的人是多么愚蠢。耗尽一生的精力追求而来的物质财富并非能买来幸福，与其在临死之时带着遗憾而去，不如在有生之年把这些物质的财富转化为内心的珍宝。镌刻在棺木上的珍珠玛瑙远不如一句赞美的墓志铭更有意义。

一对青年男女双双步入了婚姻的殿堂，甜蜜的爱情高潮过去之后，他们开始面对日益艰难的生计。妻子整天为缺少财富而忧郁不乐，他们需要很多很多的钱，一万，十万，最好有一百万。有了钱才能买房子，买家具家电，才能吃好的穿好的……可是他们的钱太少了，少得只够维持最基本的日常开支。她的丈夫却是个很乐观的人。丈夫不断寻找机会开导妻子。

有一天，他们去医院看望一个朋友。朋友说，他的病是累出来的，常常为了挣钱不吃饭不睡觉。回到家里，丈夫就问妻子："下次如果给你钱，但同时让你跟他一样躺在医院里，你要不要？"妻子想了想，说："不要。"

过了几天，他们去郊外散步。他们经过的路边有一幢漂亮的别墅。从别墅里走出来一对白发苍苍的老者。丈夫又问妻子："假如现在就让你住上这样的别墅，同时变得跟他们一样老，你愿意不愿意？"妻子不假思索地回答："我才不愿意呢。"

他们所在的城市破获了一起重大团伙抢劫案。这个团伙的主犯抢劫现钞超过一百万，被法院判处死刑。罪犯押赴刑场的那一天，丈夫对妻子说："假如给你一百万，让你马上去死。你干不干？"妻子生气了："你胡说什么呀？给我一座金山我也不干！"丈夫笑了："这就对了。你看，我们原来是这么富有：我们拥有生命，拥有青春和健康，这些财富已经超过了一百万，我们还有靠劳动创造财富的双手，你还愁什么呢？"妻子把丈夫的话细细地咀嚼品味了一番，也变得快乐起来。

所以，如果你没有足够的物质财富，也不必悲伤，幸福与否从来都不是靠物质财富来衡量的。

一个认清了生命本质的人从不会热衷于囤积财富，对他来说，财富的目的只是为了证明自己的价值而已。这样的人知道外在的财富都是过眼浮云，内在的财富才是永远的财富。精神与物质二者孰重孰轻，是追求万贯家财还是寻求内心的宁静？只有参透人生的人才能给出适当的答案。

挡住今天的诱惑

人生在世，无论贵贱贫富，逆顺穷达，都少不了要与名利打交道。对待名利，人们有着不同的态度，有的人追名逐利，有的人淡泊名利。回望古今，很多著名的学者都是淡泊名利的代表者。他们都实践着"非淡泊无以明志，非宁静无以致远"的原则，他们对个人的名利常常采取漠然冷淡和不屑一顾的态度，而把主要精力放在对理想、事业的追求上。

1903年12月，居里夫妇和贝克勒尔一起获得了诺贝尔物理学奖。他们夫妇的科学功勋盖世，然而他们却极端藐视名利，最厌烦那些无聊的应酬。他们把自己的一切都献给了科学事业，而不捞取任何个人私利。

在镭提炼成功以后，有人劝他们向政府申请专利权，垄断镭的制造以此发大财。居里夫人对此说："那是违背科学精神的，科学家的研究成果应该公开发表，别人要研制，不应受到任何限制。何况镭是对病人有好处的，我们不应当借此来谋利。"居里夫妇还把得到的诺贝尔奖金，大量地赠送别人。

居里夫人如此严谨而富有责任心的作风，甘于寂寞、淡泊自守、不求闻达的精神，实在是让人佩服。俗话说："名为锢身锁，利是焚身火。"只有学会淡泊名利，人才会更加高尚。

人的欲望是无限的，而那些贪腐者们追求的那些东西其实不外乎身体的舒适、丰盛的食品、漂亮的服饰、绚丽的色彩和动听的乐声，这些奢侈腐化的追求，到头来终究是一场空而已。

有位信徒对默仙禅师说：“我的妻子贪婪而且吝啬，对于做好事情行善，连一点儿钱财也不舍得，你能慈悲到我家里来，向我太太开示，行些善事吗？”

默仙禅师是个痛快人，听完信徒的话，非常爽快地就答应下来。

当默仙禅师到达那位信徒的家里时，信徒的妻子出来迎接，可是却连一杯水都舍不得端出来给禅师喝。于是，禅师握着一个拳头说：“夫人，你看我的手天天都是这样，你觉得怎么样呢？”

信徒的夫人说：“如果手天天这个样子，这是有毛病，畸形啊！”

默仙禅师说：“对，这样子是畸形。”

接着，默仙禅师把手伸展开来，并问：“假如天天这个样子呢？”

信徒夫人说：“这样子也是畸形啊！”

默仙禅师趁机立即说：“夫人，不错，这都是畸形。钱只能贪取，不知道布施，是畸形。钱只知道花用，不知道储蓄，也是畸形。钱要流通，要能进能出，要量入而出。”

都说“君子爱财，取之有道”，其实，用之亦要有道，凡事物极必反，想把太多的东西抓在手中，不过是平添烦恼而已，只会让自己更累。风花雪月本闲，而劳忧者自冗，何不把身外之物看淡，过轻松自在的生活呢？

淡泊名利，克己制欲。何为“淡泊”？是朱熹“事理通达心气和平，品节详明，德性坚定”的随和，还是陶渊明“采菊东篱下，悠然见南山”的闲适，抑或郑板桥“难得糊涂”的豁达？古往今来，都没有一个确定的概念。不过，有一点可以肯定，凡是真正“淡泊”的人，方能将个人得失置之度外，视名利如粪土，心态平和，操守清廉。俗话说：“不羡黄金罍，不羡白玉杯，不羡朝入省，不羡暮登台，千羡万羡西江水，曾向竟陵城下来。”

挡不住今天的诱惑，将失去明天的幸福。人一死，双脚一蹬，生命便终止了，身前的种种，人又能带走哪一样呢？名和利都只是暂时的，不是永恒的，看开了这一点，生活也便轻松了。

不争名于朝，不争利于市

《山海经》中这样写道：“竹六十年一易根，而根必生花，生花必结实，结实必枯死，实落又复生。”为什么竹子开花结果后会枯死呢？科学家认为，竹子生长到一定的年龄，必然会出现衰老，为繁衍后代，竹子在生命结束前会开花、结果。竹子开花，使竹鞭和竹竿贮藏的养分被消耗殆尽，竹子的地上和地下部分就会全部枯死。

这个自然现象不正是人们对名利追求过度的真实写照吗？“名利”这个东西，一般人都是持有一种向往的态度，如果说一点儿没有追求那是不现实的，关键是看人们如何正确对待名利。如果陷在名利的围城里不能自拔，追求名利过度，利欲熏心，那就犹如竹子开花，最终只能将自己的心神精力全部耗费殆尽在所谓的“名”与“利”上，将自己原本纯净、安然、幸福、快乐的内心变成一片没有生机、黑暗阴森的坟墓。

曾经有一个衣着不俗的中年人在一个初秋来寺里找师祖比武，

别人找师祖比武一般都是空手上山，等到师祖答应比试了，才选用寺里提供的兵器进行比试，而这个中年人则是自己带兵器上山的，他手里的剑精美华贵，花梨木的剑鞘上雕龙刻凤，一面嵌着一颗碧绿的玉石，把手、护手也雕刻精美的祥云，一看就是上好的剑，有此剑的人也不是一般的有钱有势。

师叔伯们对中年人好言相劝，告知师祖年事已高，已多年不曾和人印证武学，现在就算想破例，这身子骨也不行了，可这位来客根本不理会，言辞激烈，声明不见着师祖就不肯离开。大家无奈之下只好把他安顿在客房住下来，但每日他都会讥刺相讽，开始大家也都默默忍受着，后来一段时间有几位师叔伯气不过，一一和他动过手都被打败，来客更加嚣张，说话就更没了分寸。

这件事情大家一直瞒着师祖，但后来师祖还是知道了，师祖叫来此人，上下打量一番，答应印证一下。比武当天，小和尚和师兄弟们，搀着师祖来到比武场地，小和尚怀里抱着师祖装刀的匣子。来客看到师祖后二话不说，唰地一下亮出长剑，这是他上山来第一次使用兵器，和师叔伯们比的都是拳脚功夫，可能是觉得师祖名气太大，没有必胜的把握。也正因为如此，大家才有机会看到他的剑，剑身宛如一汪秋水，在太阳的照射下闪闪发光，剑尖微微颤抖，犹如银蛇一般。小和尚看过他的剑，就觉得师祖的刀简直就是废铁。

小和尚打开匣子，给师祖递上“破刀”，师祖摆手推开，表示用不着。中年人看在眼里，气在心里，感觉伤了自尊心，虽然此时又气又恼，却又不敢随意发动攻击。须知，高手过招，一招定胜负，生死只在那关键的一招，必须找到破绽，一击即中，才能分出胜负，所以中年人强压怒火，寻找机会。

师祖并不理会来客已经气得走形的脸，双手负背，仰头看天，似乎并不把这比试放在心上，这让旁边观战的人手里都捏了一把汗，出家人胜负名利虽不看重，但都为师祖的安危担心。

这时候天上飞过一只孤雁，鸣叫异常凄凉，师祖像是自言自语：哦，掉队了！就在这个时候，来客看准时机出手了，场外的所有人都惊叫了起来，特别是小和尚们此时的心都提到嗓子眼儿了，以至于忘了呼吸。

谁都没有顾上看清楚师祖是怎么躲避，或者如何出手，等回过神时，场内二人已相距一丈有余，相视垂手而立，只看见中年人抱拳行礼，一言不发，转身下山去了。这时大家才想起一拥而上，围着师祖检查是否受伤，见师祖无恙这才放下心。

事后，大家都想知道比武的时候发生了什么，但师祖笑而不谈，师叔伯们也不好强问，毕竟那是不礼貌的，也就作罢。只有小和尚等徒孙辈的，算定师祖不忍责罚，没个大小，于是缠着师祖刨根问底。师祖被缠得没法，就开口了："其实他也算得上一个难得的高手，只不过太重名利，重名利，心就有所顾忌，有顾忌势必影响出招的速度，所以……"

无论做什么事情，太看重名利，顾前思后，势必影响我们行动的速度，等我们想明白了，出招了，却发现慢了半拍，先机已失，后悔莫及。名利，不光影响我们的速度，影响我们的真实行动，更会影响我们原本安宁的内心。

当我们跳出个人名利的泥沼，登高望远，便会觉得自身的渺小，那些功名利禄在这时看来，便有如过眼云烟般不那么重要了，这时的心境也会豁然开朗起来。所谓心怀天下的人，自然不会为名利所困扰。

所以，对待名利，最重要的就是“超脱”。懂得超脱名利，超脱自己的内心，这样才不会争名于朝，争利于市，人生也才得以超脱自在。

知足不辱，知止不殆

人莫不爱财慕富，贪恋权势，但凡能够及时抽身引退，总能一生圆满。真正做到“功成身退”，才算是掌握了生命的平衡之道。

“功成身退”并非指一定要隐居山林，归隐田园。功成身退其实是一种对待功名的态度，即使有了大功劳也不居功自傲，飞扬跋扈为谁雄，只会引来无妄之灾。

数千年来，中国历史一直上演绎着“飞鸟尽，良弓藏；狡兔死，走狗烹”的悲剧，仕途的险恶，入世与出世，成为中国仁人志士艰难的抉择。青史上许多留名之人终其一生都在寻找“功”与“身”的平衡点。

让我们从一位历史人物身上看看他对“功成身退”的绝佳演绎吧。

金熙宗天眷二年，石琚考中进士，任邢台县令。当时官场腐败，贪污成风，邢台守吏更是贪婪恶暴，强夺民财。在此环境之下，石琚却保持着清醒的头脑，他不仅不贪不占，还多次告诫别人不要贪取不义之财。他常对人说："君子求财，取之有道，怎么能利令智昏，干下不仁不义之事呢？人们都知钱财的妙处，却不闻不问不义之财所带来的隐患，这是许多人最后遭祸的根源啊。"

有人对石琚的劝告置之一笑，还嘲笑他说："世事如此，你一个人能改变得了吗？你的这些高论说来动听，实际上却全无用处，你何苦自守清贫，不识时务呢？要知无财才是大祸，你身在祸中，尚且不知，岂不遭人耻笑？切不可再言此事了。"

石琚当面规劝邢台守吏："一个人到了见利不见害的地步，他就要大祸临头了。你敛财无度，不计利害，你自以为计，在我看来却是愚蠢至极。回头是岸，我实不忍见到你东窗事发的那一天。"邢台守吏拒不认错，私下竟反咬一口，向朝廷上书诬陷他贪赃枉法。结果，邢台守吏终因贪污受到严惩，其他违法官吏也一一治罪，石琚因清廉无私，虽多受诬陷却平安无事。

石琚官职屡屡升迁，有人便私下向他讨教升官的秘诀，石琚总是一笑说："我不想升迁，凡事凭良心无私，这个人人都能做到，只是他们不屑做罢了。"来讨教的人不信此说，认为石琚是在敷衍自己，心怀怨气，石琚见此又是一笑道："人们过分相信智慧之说，却轻视不用智慧的功效，这就是所谓的偏见吧。"

金世宗时，世宗任命石琚为参知政事，万不想石琚却百般推辞。金世宗十分惊异，私下对他说："如此高位，人人朝思暮想，你却不思谢恩，这是何故？"石琚以才德不堪作答，金世宗仍不改初衷。石琚的亲朋好友力劝石琚，他们惶急道："这是天下的喜事，只有傻瓜才会避之再三。你一生聪明过人，怎会这样愚钝呢？万一惹恼了皇上，我们家族都要受到牵连，天下人更会笑你不识好歹。"石琚面对责难，一言不发。他见众亲友喋喋不休，最后长叹说："俗话说，身不由己，看来我是不能坚持己见了。"

石琚无奈接受了朝廷的任命，私下却对妻子忧虑地说："树大招风,位高多难,我是担心无妄之灾啊。"他的妻子不以为然,说道:"你不贪不占,正义无私,皇上又宠信于你,你还怕什么呢？"石琚苦笑道:"身处高位，便是众矢之的，无端被害者比比皆是，岂是有罪与无罪那么简单？再说皇上的宠信也是多变的，看不透这一点，就是不智啊。"

石琚在任太子少师之时，曾奏请皇上让太子熟习政事，嫉恨他的人便就此事攻击他别有用心，想借此赢取太子的恩宠。金世宗听来十分生气，后细心观察，才认定石琚不是这样的人。金世宗把别人诬陷他的话对石琚说了，石琚所受的震撼十分强烈，他趁此坚辞太子少师之位，再不敢轻易进言。

大定十八年，石琚升任右丞相，位极人臣，前来贺喜的人络绎不绝。石琚表面上虚与委蛇，私下却决心辞官归居。他开导不解的家人故旧说："我一生勤勉，所幸得此高位，这都是皇上的恩典，心愿已足。人生在世，祸在当止不止，贪心恋栈。"他一次又一次地上书辞官，金世宗见挽留不住，只好答应了他的请求。世人对此事议论纷纷，金世宗却感叹说："石琚大智若愚，这样的大才天下再无二人了，凡夫俗子怎知他的心意呢？"

石琚可谓深谙进退之道，能进能退，把握得极其有度，所以才能在官场混迹多年而屹然不倒。

提及石琚，不由让人联想到李斯，当初他贵为秦相时，"持而盈，揣而锐"，最后却以悲剧收场。临刑之时，李斯对其子说："吾欲与若复牵黄犬，出上蔡东门，逐狡兔，岂可得乎？”他临死才幡然醒悟，渴望重新返璞归真，在平淡生活中找寻幸福，但悔之晚矣。

进一步，容易；退一步，难。大多数人能成功，却不能全身而退；少数人看透功名实质，重视过程，淡看结果，终能功成身退。

忍对虚名，不受诱惑

《论语·公冶长》里有这样一段对话：

子张问曰：“令尹子文三仕为令尹，无喜色。三已之，无愠色。旧令尹之政，必以告新令尹。何如？”子曰：“忠矣。”曰：“仁矣乎？”曰：“未知，焉得仁？”

令尹子文是春秋战国时代，楚国的名相。姓斗，名谷于菟。这里是孔子和孔子弟子子张的对话。子张说：“老师，楚国人子文三次做宰相，又三次被罢免，但是他三起三落时没有任何的喜色也没有任何的怒色。这样的人怎么样？”孔子向来对这样的人很钦佩，他们的修养可以说非常之高，宠辱不惊且淡泊明志，这不是一般人能做到的。

我们平常看到的情况多半是“人逢喜事精神爽”，遇到高兴的事谁能不喜形于色呢？但是这个楚国宰相却没有这样。他几次下台，一般人肯定是心灰意冷或者心有不甘，但是他依然故我，丝毫不见怒色、忧色。这就是人生的修养。富贵名利当然人人都想要，但是得之受惊，或者失之若惊就谈不上什么高境界。这是儒家的富贵名利观。

在今天这个充斥着得失竞争的世界里，儒家的名利观对我们来说很有借鉴意义。许多人因为参不透名利，结果在复杂的人事变动中患得患失，宠辱皆惊。结果自己不开心，对于现实状况也于事无补，反而让自己陷入名利沼泽，被虚名累坏身心，真是得不偿失。

古往今来，这样的例子不在少数。而因为好名，所以也就有了沽名钓誉的人。

有一个书生因为像晋人车胤那样借萤火夜读，在乡里出了名，乡里的人都十分敬仰他的所作所为。一天早晨，有一人去拜访他，想向他求教。可是这位书生的家人告诉拜访者，说书生不在家，已经出门了。来拜访的人十分不解地问："哪里有夜里借萤火读书，学一个通宵，而清晨大好的时光不读书却去干别的杂事的道理？"家人如实地回答说："没有其他的原因，主要是因为要捕萤，所以一大早出去了，到黄昏的时候就会回来的。"

这个故事读来令人啼笑皆非，车胤夜读是真用功，真求知，而这个虚伪的书生真的好学到这种地步吗？在大好的天光下出门捕萤，黄昏再回来装模作样地表演一番，完全是本末倒置，"名"是有了，但时间一长难免不会露出马脚。靠一时的投机哗众取宠，这样的"名"往往很短暂，如过眼云烟，很快会被世人遗忘，那时，这位"名人"便也不再风光了。

追求名誉难免为虚名所累，误了一生。其实看开了，虚名不过是噱头，可惜的是太多人被它牵制、束缚。

虚名能为人带来一时心理的满足感，也就使争名、争虚名的事常有发生。虚名本身毫无价值、毫无意义，任何一个真正的有识之士，都不会看重虚名。为了虚名而去争斗，是人世间各种矛盾、冲突的重要起因，也是人生之中诸多烦恼、愁苦的根源所在。

虚名是人心灵上的大包袱，让人没有一刻轻松，让人失去自我，让人失掉别人的尊重与承认，更危险的是贪慕虚名可能会成为对手的机会，到时受到的伤害有多惨重，却是无可估量的。

让内心宁静

一个人需要以清醒的心智和从容的步履走过岁月，他的精神中必定不能缺少淡泊。虽然我们渴望成功，渴望能在有生之年画出优美的轨迹，但我们真正需要的是一种平平淡淡的快乐生活，一份实实在在的成功。

一个贪得无厌的人，给他金银还怨恨没有得到珠宝，封他公爵还怨恨没封王，这种人虽然身居豪富权贵之位却等于自愿沦为乞丐；一个自知满足的人，即使吃粗食野菜也比吃山珍海味还要香甜，穿粗布棉袍也比穿狐袄貂裘还要温暖，这种人虽然身为平民，但实际上比王公更快乐。两种不同心境的人，人生的结果也会截然不同。

一天，有一个老头在森林里砍柴。他抡起斧子正准备砍一棵树，突然从树上飞出一只金嘴巴的小鸟。它求他不要砍倒那棵树，并答应送给他柴烧。

老头空手回到家，他对老伴说：“明天家里会有许多柴的。”

第二天，老伴发现院子里多了一大堆柴，就叫老头：“快来看，快来看，谁在我家院子里放了这么一大堆柴。”老头把遇到了金嘴巴鸟的经过告诉了老伴，老伴说：“柴是有了，可是我们却没有吃的。你去找金嘴巴鸟，让它给我们点儿吃的。”

老头又回到森林里的那棵树下。这时，金嘴巴鸟飞来了，它问：“你想要什么呀？”

老头回答说：“我的老伴让我来对你说，我们家没有吃的了。”

“回去吧，明天你们会有许多吃的。”金嘴巴鸟说完又飞走了。

老头回到家，对老伴说：“上床睡觉吧，明天家里会有许多食物的。”

第二天，他们果真发现家里出现了许多肉、鱼、甜食、水果、葡萄酒和想要的食物。饱餐了一顿后，老伴对老头说：“快去找金嘴巴鸟，让它把我们变成国王和王后，这样，往后我们的日子就舒服了。”

老头又来到了森林里的那棵树下。金嘴巴鸟飞来问他：“你还想要什么？”

老头对它说：“我的老伴让我来找你，让你把她变成王后，把我变成国王。”

金嘴巴鸟冷漠地望了一下老头，说：“回去吧，明天早上你会变成国王，你的老伴会变成王后的。”

老头回到家，把金嘴巴鸟的话告诉了老伴。

第二天早上醒来，他们发现自己穿的是绫罗绸缎，吃的也是山珍海味，周围还有着一大帮的侍臣奴仆。

可是，老伴对此仍不满足，她对老头说："去，找金嘴巴鸟去，让它把魔力给我，让它来宫殿，每天早上为我跳舞唱歌。"

老头只好又去森林找金嘴巴鸟，他找了很长时间，最后总算又找到了它。老头说："金嘴巴鸟，我的老伴想让你把魔力给她，她还让你每天早上去为她跳舞唱歌。"金嘴巴鸟愤怒地盯着老头，它说："回去等着吧！"

老头回到家，和老伴一起等待着。

第二天起床后，他们发现自己被变成了两个又丑又小的小矮人。

不去掉欲望就不会知足，一个过于贪婪的人永不会满足，时时处在渴求和痛苦之中，他的人生也就没有什么快乐可言。

抛开名利，让内心宁静，这是无上的境界。很多人却放不下名利的诱惑，将自己置于牢笼之中。其实，看淡名利，不被其诱惑，反而会拥有更广阔的天空。有了这份平淡的处世心态，我们会在简简单单的生活中体会到快乐和幸福。

给"财富"一条生路

懂得用钱的人，金钱是功德；不会用钱的人，金钱是罪恶。然而并不是每一个人都明白这个道理，总有那么一些人为了追逐更多的金钱，而沦为了金钱的奴隶。

人本应是财产的主人，是财富的支配者，可是有些人却成了守财奴，巴尔扎克笔下的葛朗台就是一个最具典型的例子。他既是守财奴，又是一个不折不扣的吝啬鬼。

过了76岁的葛朗台老头在看到女儿把玩自己的定情之物金梳妆匣时，竟“身子一纵，扑上梳妆匣，好似一头老虎扑上一个睡着的婴儿”。一个“纵”和一个“扑”字将老葛朗台贪婪到发狂的形象活化到纸上。当独生女声明匣子是情人寄存的，是神圣不可侵犯的，扑过去想抢回时，老头竟然“使劲一推，欧也妮便倒在母亲床上”。

梳妆匣上镶嵌的金子异化了父女之情，使葛朗台这个吝啬鬼发狂。但是抢夺女儿的定情物梳妆匣把太太气得晕死过去的现实又使葛朗台从癫狂的旋涡中跳出，变得异常清醒，“孩子，咱们别为一个匣子生气啦，拿去吧”，老箍桶匠马上把匣子扔到床上，并且到自己的密室拿一把金币摔在床上，声称是送给欧也妮的。

葛朗台此刻的“大方”，使太太和女儿出乎意料，不禁面面相觑，感到莫名其妙。其中的隐秘只有吝啬鬼自己清楚。如果为一只梳妆匣气死了太太，女儿按律就将继承家庭财产的一半，那等于要了葛朗台的命。

狡诈的葛朗台知道因小失大是划不来的，便百般讨好自己的女儿，甚至常在她面前哆嗦，装模作样，以亲情为诱饵，诱骗女儿放弃对亡母财产的继承权，并且经常利用女儿对情人的感情占便宜。

这些都表现了吝啬鬼个性的另一个侧面——“狡诈”。

但葛朗台毕竟是个拜金狂，当他到弥留之际，还能够睁开眼时，竟然几个小时地用眼睛盯着金子，脸上的表情仿佛进了极乐世界。当神父把镀金的十字架送到他唇边，给他亲吻基督的圣像，为他做临终法事的时候，他竟做了一个骇人的姿势，想把金十字架抓到手里，而这最后的努力也终于送了他的命。他临终对女儿的遗言是:“把一切照顾得好好的，到那边来向我交账。”

一生疯狂地追求金钱，占有金钱，最后被金钱所累时，这个葛朗台仍然竭力呼唤着金钱而走向坟墓，金钱已经使他异化成鬼，一个疯狂狡诈的吝啬鬼。

如何用钱是一种很高深的智慧。用钱最好使大众都能获得取之不尽、用之不竭的般若宝藏，才能使自己永远享有用钱的快乐。所以，拥有钱是福报，会用钱才是智慧。

身为亿万富翁的钢铁工业巨头安德鲁·卡内基认为：发财致富的目的在于散财，当年在他一贫如洗的时候，一位富翁朋友曾对他以友相待，让他自由借阅自己的私人藏书。卡内基发迹后，便开始大笔大笔地捐款，兴建世界上最大的免费借阅图书馆，让更多的人从中得到帮助。

在现代社会，许多有钱人都乐善好施，慷慨解囊。因为他们懂得钱财并不总是给他们快乐，如果光攥在手里不用的话，只会让自己更加苦闷，而散财、做慈善事业，反而让他们找回了幸福感。这正是一种正确的金钱观。

一个人，从基本的生存，吃饭睡觉，到精神追求，以至崇高伟

大的理想，每一样都需要财富来支撑。正因这样，有的人总是不自觉地想到聚敛财富，为的是老有所依。但一旦人们陷入“财富”的围城里，成了守财奴，不可自拔的话，最终换得的可能就是失去。因此，给“财富”一条生路，也是给自己一条生路，给自己一份快乐、一份幸福。

第四章

每晚睡前，原谅所有的人和事

原谅别人就是给心灵美容

我们常常在自己的脑子里预设一些规定，以为别人应该有什么样的行为，如果对方违反规定，就会引起我们的怨恨。其实，因为别人对我们的规定置之不理就感到怨恨，是一件十分可笑的事。有的人以为，只要自己不原谅对方，就可以让对方得到一些教训，也就是说：“只要我不原谅你，你就没有好日子过。”

实际上，不原谅别人，表面上是那人受到了惩罚，其实真正倒霉的人却是自己，生一肚子窝囊气不说，甚至连觉都睡不好。这样看来，报复不仅让我们不能实现对别人的打击，对自己的内心反倒是一种摧残。

一位画家在集市上卖画，不远处，前呼后拥地走来一位大臣的孩子，这位大臣在年轻时曾经把画家的父亲欺诈得心碎而死。这孩子在画家的作品前流连忘返，并且选中了一幅，画家却匆匆地用一块布把它遮盖住，声称这幅画不卖。

从此以后，这孩子因为心病而变得憔悴。最后，他父亲出面了，表示愿意出高价购买那幅画。可是，画家宁愿把这幅画挂在自己画室的墙上，也不愿意出售。他阴沉着脸坐在画前，自言自语地说："这就是我的报复。"

每天早晨，画家都要画一幅他信奉的神像，这是他表示信仰的唯一方式。

可是现在，他觉得这些神像与他以前画的神像日渐相异。

这使他苦恼不已，他不停地找原因。然而有一天，他惊恐地丢下手中的画，跳了起来：他刚画好的神像的眼睛，竟然像那个大臣的眼睛，而嘴唇也酷似。

他把画撕碎，并且高喊："我的报复已经回报到我的头上来了！"

可见，报复会使人疯狂，使人的心灵不能得到片刻安宁。当我们无法忘记心中的怨恨，总是想着去报复时，最终受伤害的不仅仅是对方，还有我们自己。

心理学专家研究证实，心存怨恨有害健康，高血压、心脏病、胃溃疡等疾病大多是长期积怨和过度紧张造成的。

有一位好莱坞的女演员，失恋后，怨恨和报复心理使她的面孔变得僵硬而多皱。她去找最有名的美容师为她美容。这位美容师深知她的心理状态，中肯地告诉她："如果你不消除心中的怨和恨，我敢说全世界任何美容师都无法美化你的容貌。"

乔治·赫伯特说："不能宽容的人损坏了他自己必须过的桥。"这句话的智慧在于，宽容使给予者和接受者都受益。当真正的宽容产生时，没有疮疤留下，没有伤害，没有复仇的念头，只有愈合。宽容是一种力量，不仅能医治被宽容者的缺陷，还可以挖掘出宽容者身上的伟大之处。

学会宽容，要做到两点。首先，我们要看到，自己原来也有很多的缺点，自己原来也有做错事的时候，自己本身并不是一个完美的人；而我们原来认为不好的人，也有一些我们没有的优点。所以，要学会看到自己的缺点，也看到别人的优点，考虑问题时要试着从对方的角度出发，求大同，存小异，这样我们才能够善待他人，也善待自己。其次，我们得承认，自己也需要别人的宽容。

宽容别人的同时，自己也就把怨恨或嫉恨从心中排除掉了，也才会怀着平和与喜悦的心情看待任何人和任何事，会带着愉快的心情生活。所以，在生活的磨难中逐步学会宽容，能原谅他人的人，心里的苦和恨比较少；或者说，心胸比较开阔的人，就容易宽容他人。

多几分理解，多几分感激

古人说："大度集群朋。"一个人若能有宽宏的度量，他的身边便会聚集大群知心朋友。所以，小事，不要太过计较，要原谅别人的过失；不如意的事来临时，要泰然处之，不为其所累；受人讥讽时，不要睚眦必报，要学会吃亏，把便宜让给别人。相信只要多看别人的优点，少盯着别人的缺点，每一个人都会是可爱的。

俄国大文豪托尔斯泰虽然很有名，又出身贵族，但他喜欢和平民百姓在一起，与他们交朋友，从不摆大作家的架子。一次，他长途旅行时，路过一个小火车站。他想到车站里走走，便来到月台上。这时，一列火车正要开动，汽笛已经拉响了。托尔斯泰正在月台上慢慢走着，忽然，一位先生从列车车窗里冲他直喊：“老头儿！老头儿！快替我到候车室把我的皮包取来，我忘记提过来了。”原来，这位先生见托尔斯泰衣着简朴，还沾了不少尘土，便把他当作车站的搬运工了。托尔斯泰赶忙跑进候车室拿来皮包，递给了这位先生。“谢谢啦！”那位先生对着托尔斯泰说，并随手递给他一枚硬币，“这是赏给你的。”

托尔斯泰接过硬币，瞧了瞧，装进了口袋。就在这位先生赏给托尔斯泰硬币的时候，旁边的一位旅客认出了这个风尘仆仆的“搬运工”，就大声对这位先生叫道：“先生，您知道您赏钱给谁了吗？他就是托尔斯泰呀！”

“啊！老天爷呀！”他惊呼起来，“我这是在干什么事呀！”他对托尔斯泰急切地解释说，“托尔斯泰先生！托尔斯泰先生！看在上帝的面上，请别计较！请把硬币还给我吧，我怎么能给您小费，多不好意思！我这是干出什么事来啦！”

“先生，您干吗这么激动？”托尔斯泰满面笑容地说，“您又没做什么坏事！这个硬币是我挣来的，我得收下。”汽笛再次长鸣，列车缓缓开动，带走了那位惶惑不安的先生，留下了快乐的托尔斯泰。

在与别人交往的时候，能够做到遭人误解不但不恼，而且注意不伤害对方面子的人，具有宽容的品德，这样的人最值得赞赏，同时也生活得最快活。

在交往中，我们对他人的要求不能太过分，不能强求于人，能让人时且让人，能容人处且容人。一旦别人犯了错误，我们也不要嫌弃，原谅别人的过失。“海纳百川，有容乃大”，一个拥有这种胸怀的人又怎么会不成功呢？

学会宽容，便会“柳暗花明又一村”。试想一下，当你的同桌不小心把你借给他的漫画书弄丢时，你是抱怨责备他，还是原谅他的过失呢？选择前者，你可能会失去一个好朋友，而选择后者，你一定会收获到他的尊重与敬佩，你将会得到一份更诚挚的友谊。这就是宽容的力量。

俗话说，“尺有所短，寸有所长”，人的性格、特长各有差异，在处理人际关系中不能强求一致。人与人要和谐相处，就要有宽广的胸怀，求同存异，相互谅解。既然我们自身都不完美，那又怎能苛求他人完美无缺呢？

心宽一寸，福多十年

人生在世，任何时候，宽容都要比计较能使自己更受益。安德鲁·马修斯说：“一个脚跟踩扁了紫罗兰，而紫罗兰却把香味留在那脚跟上，这就是宽容。”宽容是一种仁爱的光、无上的福分，是对别人的释怀，也是对自己的善待。有了这种光芒、这种福分，就会远离仇恨，避免灾难。

约翰和他的邻居原本和睦相处，关系融洽。一年夏天，约翰家院子里的树木长得枝繁叶茂，蜿蜒曲折的树枝蔓延到了邻居家的花园，遮住了邻居家花园的阳光。邻居对此非常恼火，多次劝说约翰砍掉树枝。约翰对邻居的建议充耳不闻，两家为此事闹得很不愉快。后来，邻居在一气之下愤然把约翰家的树木主干砍掉了，整棵树就枯萎了。约翰知道后，非常生气，跑到邻居家大吵一架，两家从此后不再说话。

就这样过了几年，两家关系始终僵持着。直到一次，约翰正在花园除草，丝毫没有注意到一个醉汉驾驶着一辆车，在路上飞快地行驶着。突然，车辆朝着正在劳作的约翰冲过来。这一幕被邻居看在眼里，他大叫一声“快躲开”，约翰猛回头，已经来不及躲闪，车辆压过约翰的双腿，约翰顿时晕了过去。邻居迅速拨了急救电话，并赶紧报警。在救护车到达之前，邻居对约翰进行了紧急救护，做了简单的包扎。很快，约翰被送到医院进行了抢救，所幸由于抢救及时保住了双腿。经过几个月的治疗、护理，约翰很快恢复了健康。他们一家对邻居非常感激。如果没有邻居的及时提醒，后果不堪设想。此时，两家人对此事唏嘘不已，感触良久。两家也就此抛开了以往的恩恩怨怨，重归于好。

面对生命的威胁，约翰的邻居没有选择漠不关心，在那样的紧要关头，什么仇恨都不重要了。正是他这种冰释前嫌的宽容，最终挽救了约翰的生命，也挽回了他们的友谊。在当今社会，人与人相处，矛盾、摩擦、冲突不可避免，我们应该向约翰的邻居学习，学会去化解矛盾，去原谅他人。

英国著名历史学家，毕业于剑桥大学的特立威廉曾讲过一个二战期间的故事。

在第二次世界大战期间，一支英军与德军在森林中相遇，激战一夜后有两名英国士兵与部队失去了联系，这两名士兵来自于同一个小镇。

两名英国士兵在森林中艰难跋涉，他们互相鼓励，相互安慰。十多天过去了，仍未与部队联系上。这一天，他们打死了一只鹿，依靠鹿肉又艰难度过了几天。可是整个森林除了一只鹿之外，他们再也没看到过其他动物。他们仅剩下的一点鹿肉，背在年轻战士的身上。这一天，他们在森林中又一次与敌人相遇，经过再一次激战，他们巧妙地避开了敌人。就在自以为已经安全时，只听一声枪响，走在前面的年轻战士中了一枪——幸亏伤在肩膀上！后面的士兵惶恐地跑了过来，他害怕得语无伦次，抱着战友的身体泪流不止，并赶快把自己的衬衣撕下包扎战友的伤口。

晚上，未受伤的士兵一直念叨着母亲的名字，两眼直勾勾的。他们都以为熬不过这一关了，尽管饥饿难忍，可他们谁也没有动身边的鹿肉。天知道他们是怎么度过那一夜的。第二天，部队救了他们。

时隔多年，那位受伤的战士杰克说："我知道谁开的那一枪，他就是我的战友。当时在他抱住我时，我碰到他发热的枪管。我怎么也不明白，他为什么对我开枪？但当晚我就宽恕了他。我知道他想独吞我身上的鹿肉，我也知道他想为了他的母亲而活下来。接下来这么多年，我装作根本不知道此事，也从不提及。战争太残酷了，他母亲还是没能等到他回来。我和他一起祭奠了老人家。那一天，他跪下来，请求我原谅他，我没让他说下去。我们又做了几十年的朋友，我宽容了他。"

如果当时这个中枪的士兵一直对对方想要杀害自己这件事情耿

耿于怀，并且立刻加以责难的话，那后果是不堪设想的——他可能最终会被战友再次开枪杀死。他的宽容不仅感化了对方，还挽救了自己，一直活到现在。所以，有涵养的人，遇到让自己生气的事情，往往不是想方设法来打击、报复对方，而是进行自我排遣，把自己的愤怒用不伤害任何人的方式发泄出去，让自己的心境平复。

生活在当下，我们需要有宽容这样一种高贵的品质和人生的境界。这种品质是人们在日常生活中砥砺品性，感悟人生，使精神境界不断升华的结果。尤其是人们在经历了世事沧桑、人情冷暖之后，会明白宽容他人的重要。人们不再拘泥于人与人之间的是是非非、恩恩怨怨，能够以更加豁达、敞亮的心态迎接明天的阳光。

以超然气度去对待他人

在男子体操史上，一直流传着这样的一个故事：

男子体操单杠决赛上，28 岁的俄罗斯老将涅莫夫第三个出场，他在杠上一共完成了直体特卡切夫、分体特卡切夫、京格尔空翻、团身后空翻 2 周等连续 6 个精彩绝伦的空翻和腾越，非常完美，只是在落地时出现了一个小小的失误——向前移动了一步，观众把最热烈的掌声送给了他。但是裁判只给了他 9.725 分！此刻，体操史上少有的情况出现了：全场观众愤怒了，他们全都站起来，报以持久而响亮的嘘声，比赛不得不被打断。第四个出场的美国选手保罗·哈姆虽已准备就绪，却只能尴尬地站在原地。

此时，已退场的涅莫夫从座位上站起来，露出了成熟的微笑，向朝他欢呼的观众挥手致意，并深深地鞠躬，感谢观众对自己的喜爱和支持。涅莫夫的大度反而进一步激发了观众的不满，嘘声更响了，很多观众甚至伸出双手，拇指朝下，做出不文雅的鄙视动作。不同国度的观众这个时候结成了同盟，俄罗斯的、意大利的、巴西的……不同的旗帜飞舞着。

在如此巨大的压力下，裁判终于被迫重新打分，这一次涅莫夫得到了 9.762 分。但裁判的退让根本不能平息观众的不满，观众的嘘声反而显得更为理直气壮。重新准备开始比赛的保罗·哈姆只能僵立在原地。

这时，涅莫夫显示出了非凡的人格魅力和宽广胸襟，他重新回到心爱的单杠边。只见涅莫夫先是举起强壮的右臂表示感谢观众的支持；接着伸出右手食指做出噤声的手势，请求观众给保罗·哈姆一个安静的比赛环境；然后双手下压，要求观众们保持冷静。

观众理解了涅莫夫的苦心，他们渐渐安静了，中断了十几分钟的比赛才得以继续进行。

最终，涅莫夫没有拿到金牌，但他仍然是观众心目中的“冠军”；他没有打败对手，但他以自己的气度征服了观众。他是那晚当之无愧的无冕之王，他劝慰观众的感人一幕如大片中的经典场景，让人久久无法忘记。他的行为，捍卫了尊严；他的风度，赢得了尊敬。这就是气量的魅力，拿得起，放得下，不计较，善爱人，能宽容。放大自己的气量，一个人也就摆脱了名利、得失之心的困扰。

评价一个人是否拥有气量，关键看三点：一是平等的待人态度，不自认为高人一等，保持一颗平常心，平视他人，尊重他人；二是宽阔的胸襟，胸怀坦荡，虚怀若谷，闻过则喜，有错就改；三是宽容的美德，能够仁厚待人，容人之过。由此，气量实际上反映了一个人的素养和品性。

要有气量，宽容他人，就必须做到互谅、互让、互敬、互爱。

互谅就是彼此谅解，不计较个人得失。人都是有感情和尊严的，既需要他人的体谅，也有义务体谅他人。互让，就是彼此谦让，摒弃私心杂念，做到以整体利益为重，把好处让给别人，把困难留给自己，相互之间的矛盾就容易化解。互敬，就是彼此尊重，不计较我高你低。尊重别人是一种美德，“敬人者，人自敬之”，尊重别人，自然会获得别人的好感和尊重。如果无视他人的存在，不尊重他人的人格，就不会有知心朋友。互爱，就是彼此关心，不计较相互间的差异，爱能包容大千世界，使千差万别、迥然不同的人和谐地融为一个整体；爱能融化隔阂的坚冰，抹去尊卑的界线，使人们变得亲密无间；爱能化解矛盾芥蒂，消除猜疑、嫉妒和憎恨，使人间变得更加美好。

在与人相处中，若能以超然气度去对待他人，我们除了能收获他人的善意外，还能使自己赢得敬重，使身心自在洒脱。

仇恨面前，彼此宽容

每个人都有弱点与缺陷，都可能犯下这样那样的错误。我们要竭力避免伤害他人，要以博大胸怀宽容对方。

从前有一个富翁，他有三个儿子，在年事已高的时候，富翁决定把自己的全部财产留给三个儿子中的一个。可是，到底要把财产留给哪一个儿子呢？富翁于是想出了一个办法。他要三个儿子花一年时间去游历世界，回来之后看谁做到了最高尚的事情，谁就是财产的继承者。一年时间很快就过去了，三个儿子陆续回到家中，富翁要三个人都讲一讲自己的经历。

大儿子得意地说："我在游历世界的时候，遇到了一个陌生人。他十分信任我，把一袋金币交给我保管，可是那个人却意外去世了，我就把那袋金币原封不动地又还给了他的家人。"二儿子自信地说："当我旅行到一个贫穷落后的村落时，看到一个可怜的小乞丐不幸掉到河里了，我立即跳下马，从河里把他救了起来，并留给他一笔钱。"

三儿子犹豫地说："我，我没有遇到两个哥哥碰到的那种事，在我旅行的时候遇到了一个人，他很想得到我的钱袋，一路上千方百计地害我，我差点死在他手上。可是有一天我经过悬崖边，看到那个人正在悬崖边的一棵树下睡觉，当时我只要抬一抬脚就可以轻松地把他踢到悬崖下，我想了想，觉得不能这么做，正打算走，又担心他一翻身掉下悬崖，就叫醒了他，然后继续赶路。这实在算不了什么有意义的经历。"

富翁听完三个儿子的话，点了点头说道："诚实、见义勇为都是一个人应有的品德，称不上是高尚。有机会报仇却放弃，反而帮助自己的仇人脱离危险的宽容之心才是最高尚的。我的全部财产都是老三的了。"

富翁把宽容列为最高尚的行为，十分在理。

假如出现某种情况，我们在憎恨别人时，心里总是愤愤不平，希望别人遭到不幸、惩罚，却又往往不能如愿，一种失望、莫名烦躁之后，我们失去了往日那轻松的心境和欢快的情绪，从而心理失衡；另一方面，在憎恨别人时，只看到别人的短处，言语上贬低，行动上敌视，结果使人际关系越来越僵，以致树敌结仇。我们“恨死了”别人，这种嫉恨的心理对我们的不良情绪起了不可低估的作用。而且，今天记恨这个，明天记恨那个，结果朋友越来越少，对立面越来越多，严重影响人际关系和社会交往，成为“孤家寡人”。

在遭到别人伤害，心里憎恨别人时，不妨做一次换位思考，假如我们自己处于这种情况，会如何应付？当我们被熟悉的人伤害了，想想他往日在学习或生活中对我们的帮助和关怀，以及他给我们的一切好处，这样，心中的火气、怨气就会大减，就能以包容的态度谅解别人的过错或消除相互之间的误会，化解矛盾，和好如初。这样，包容的是别人，受益的却是自己。

能够达到这种境界的人是智力发达之人，他将看到广阔多彩的前景，会感觉到世界上所有的人都冲他微笑。

得饶人处且饶人

畅销书作家托尼·希勒获得过美国侦探小说家大师奖。他的作品之所以深受读者的欢迎，与他个人的成长经历是密不可分的。

托尼·希勒在14岁时，英格拉姆先生敲响了他们农舍的门。这个老佃农住在马路那头大约一英里的地方，想找人帮助收割一块苜蓿地。托尼欣然应允，于是这就是他得到的第一份有报酬的工作，1小时12美分，要知道这在1939年已经很不错了，当时还处于经济大萧条时期。

一天，英格拉姆先生发现一辆装有西瓜的卡车陷在自家的瓜地中。而原本整齐的瓜地里此刻一片狼藉，瓜秧被毁坏，西瓜都被摘掉了。显然，有人想用卡车偷走这些西瓜，却没有料到卡车陷进去拉不出来。

这时，环顾四周不见一个人影。看到这种情景，英格拉姆先生并没有勃然大怒，反而非常平静，只是说车主很快就会回来的，让托尼在那儿看着，长点见识。此时，托尼也在思索，英格拉姆先生到底会用什么方式来对待这几个前来偷盗的人呢？果然没过多久，正如他所料，一个在当地因打架和偷窃而臭名昭著的家伙带着两个体格粗壮的儿子出现了。他们看起来非常恼怒。

英格拉姆先生见到这几个来势汹汹的人没有质问他们，而是用平静的口吻说道："哎，我想你们要买些西瓜吧？"

那个男人显然没有料到，他们处心积虑要偷窃的主人会用这种方式来应对。他回答前沉默了很久："嗯，我想是的。你要多少钱一个？"

"25美分1个。"

"好吧，你帮我把车弄出来吧，我看这价格还合适。"

于是，英格拉姆先生以宽容的心态，巧妙的处事艺术，化干戈为玉帛。在本来剑拔弩张的境况下，居然用寥寥几句话使双方达成了一致，顺利完成了一笔交易。而且，这笔交易成了他们夏天里最大的一笔买卖，还避免了一场危险的暴力事件。等他们走后，英格拉姆先生笑着对他说："孩子，如果不宽恕敌人，就会失去朋友。"这句话使托尼回味良久，透过这句话他明白了英格拉姆先生处事的哲理。

这件事给托尼留下了非常深刻的印象，使他明白了要学会包容。试想，如果当初英格拉姆先生针锋相对地揭穿对方的偷窃真相，这个偷窃事件肯定会演变成暴力事件，双方都会受到伤害。并且，这次前来偷窃的父子可能今后还会变本加厉地继续此类不良的行为。

生活中经常会遇到自己利益受损的事情。自己辛苦种下的花草被来往的路人随意践踏，好不容易洗干净晾晒的衣服被别人弄上了脏物，等等。一旦遭遇此类的事情，要学会宽容别人。要明白，原谅伤害过自己的人并不等于窝囊，并非一味地纵容对方的恶意举动，而是尊重对方的自尊心，是一种有意为之的高尚。懂得这些，也就没有什么气可生了。

多些度量，少些计较

在人生的道路上有朋友，才会有关爱和扶持，才会远离寂寞和孤独；虽然也会有"敌人"，但是我们也可以以我们的宽容去温暖、融化他们。对朋友或者"敌人"越宽容，我们的内心也就越轻松。

寺院住持在寺院的高墙边发现一把椅子，他知道有人借此越墙到寺院外。住持搬走了椅子，在原地等候。午夜，外出的小和尚爬上墙，再跳到“椅子”上，他觉得“椅子”不似先前硬，软软的甚至有点弹性。落地后小和尚仔细一看，才发现椅子已经变成了住持！小和尚仓皇离去，这以后，他诚惶诚恐地等候着住持的发落。但住持并没有这样做，根本没提及这件事。小和尚从住持的宽容中获得启示，收住了心再没有去翻墙，通过刻苦的修炼，若干年后，成为寺院的住持。

真正的心宽，是具有宽广的胸怀，是包容清净的，也是包容污秽的；包容爱的人，也包容恨的人；包容善良，也包容邪恶。真正的胸怀，要像广袤的苍穹，容纳群星也容纳尘埃；要像浩瀚的大海，容纳百川也容纳细流；更要像无垠的虚空，无所不含，无所不摄。

同样，对待别人的批评时，及时压制住心中的怒火，也是一种心宽的表现，同时也能赢得别人的帮助。不发怒，不暴躁，不患得患失，不受世俗牵绊，超然洒脱，才能达到高深的修持境界，获得真正的智慧。

汉尔斯在维也纳当了很多年教师，但是在第二次世界大战期间，他逃到瑞典，身无分文，需要找份工作。因为他能说并能写好几国语言，所以希望在一家进出口公司里谋到一份秘书工作。但绝大多数公司都回绝了他。还有一个人在写给汉尔斯的信上说：“你对我生意的了解完全错误。你既蠢又笨，我根本不需要任何替我写信的秘书。即使我需要，也不会请你，因为你甚至连瑞典文也写不好，信里全是错字。”

当汉尔斯看到这封信的时候，简直气得发疯。那个瑞典人写信说他不懂瑞典文是什么意思？那个瑞典人自己的信上就是错误百出。

汉尔斯当时就写了一封回信，目的是使那个人大发脾气。后来，他停下来对自己说："等一等，我怎么知道他说的不是对的？也许我确实犯了很多我并不知道的错误。如果是那样的话，那么我想要得到一份工作，就必须继续努力学习。这个人可能帮了我一个大忙，我应该写封信给他，在信上感谢他一番。"汉尔斯撕掉了他刚刚写过的那封骂人的信。

汉尔斯另外写了一封信说："很感谢您不辞辛苦地写信告诉我我的错误。对于我把贵公司的业务弄错的事我觉得非常抱歉，我之所以写信给你，是因为我向别人打听，而别人把你介绍给我，说你是这一行的领导人物。我并不知道我的信上有很多文法上的错误，我觉得很惭愧，也很难过。我现在打算更努力地去学习瑞典文，以改正我的错误，谢谢你帮助我走上改进之路。"

没过几天，汉尔斯收到了那个人的回信，他为汉尔斯提供了一份工作。

宽容也是前纽约州州长威廉·盖诺所坚持的信条。他被一份内幕小报攻击得体无完肤之后，又被一个疯子打了一枪而几乎送命。躺在医院的时候，他说："每天晚上我都原谅所有的事情和每一个人。"

生活在凡尘俗世，难免与人磕磕碰碰，难免遭别人误会猜疑。我们的一念之差，我们的一时之言，也许别人会加以放大和责难，我们的认真、我们的真诚，也许会被别人误解和中伤。如果非得斤斤计较，睚眦必报，难免两败俱伤，没完没了。不如多些度量，少些计较，这样才能避免事态的恶化，还自己一个幸福开阔的人生。

尝试爱我们的“对手”

现代生活中，面对他人的失败、挫折，不要试图去嘲笑他，哪怕他曾经伤害过你，那也是以前的事情了。如果他需要你的帮助，比起报复，宽容会是更好的选择。

一位名叫卡尔的卖砖商人，由于另一位对手的竞争而陷入困难之中。对方在他的经销区域内定期走访建筑师与承包商，告诉他们：卡尔的公司不可靠，他的砖块不好，生意也即将面临歇业。

卡尔对别人解释说他并不认为对手会严重伤害到他的生意。但是这件麻烦事使他心中生出无名之火，真想“用一块砖来敲碎那人肥胖的脑袋作为发泄”。

“有一个星期天早晨，”卡尔说，“牧师讲道时的主题是：要施恩给那些故意为难你的人。我把每一个字都吸收下来。就在上个星期五，我的竞争者使我失去了一份25万块砖的订单。但是，牧师却教我们要以德报怨，化敌为友，而且他举了很多例子来证明他的理论。当天下午，我在安排下周日程表时，发现住在弗吉尼亚州的一位我的顾客，正因为盖一栋办公大楼需要一批砖，而所指定的砖型号却不是我们公司制造供应的，与我竞争对手出售的产品很类似。同时，我也确定那位满嘴胡言的竞争者完全不知道有这笔生意机会。”

这使卡尔感到为难，需要遵从牧师的忠告，给对手做这笔生意的机会，还是按自己的意思去做，让对方永远也得不到这笔生意？那么到底该怎样做呢？

卡尔的内心挣扎了一段时间，牧师的忠告一直在他心中。最后，也许是因为很想证实牧师是错的，他拿起电话拨到竞争对手家里。接电话的人正是那个对手本人，当时他拿着电话，难堪得一句话也说不出来。卡尔还是礼貌地直接地告诉他弗吉尼亚州的那笔生意。结果，那个对手很感激卡尔。

卡尔说："我得到了惊人的结果，他不但停止散布有关我的谎言，而且还把他无法处理的一些生意转给我做。"

卡尔的心里感到好多了，他与对手之间的阴霾也获得了澄清。

世界上如果没有宽容和信任，一切亲情、友情、爱情都将失去存在的基础，每个角落都是尔虞我诈的欺骗，社会将毫无温情可言。不是所有的过错都是一样的，有的过错不可原谅，有的过错可以原谅。对别人偶尔犯下的过错，只要他承担了自己应负的责任，理当予以原谅。

小赵大学毕业初入社会，在一家公司外贸部就职。他的顶头上司每天下班后总是跟着外方科长拼命"加班"，无事瞎忙，把白天理好的文件弄得一团糟，出了错，又把责任推给小赵。小赵的稚嫩决定他不是一个会"争"的人，只好忍气吞声地等日本科长长出"火眼金睛"，看出此中曲直来，结果等了几个月，还是等不来一句公道话。

一气之下，小赵辞职去了另一家公司，在那里，他的出色工作博得了许多同事的称赞，但无论怎样也没法使苛刻、暴躁的经理满意。心灰意冷间，他又萌动了跳槽之念，于是向总经理递交了辞呈。总经理没有竭力挽留小赵，只是告诉他自己处世多年得出的一个经验：如果你讨厌一个人，你就要试着去爱他。总经理说，他就像鸡蛋里挑骨头一样在一位上司身上找优点，结果，他发现了老板的两大优点，而老板也逐渐喜欢上了他。

小赵依旧讨厌他的经理，但已悄悄收回了辞呈。作为一个成熟的人，应该放开心胸去包容一切，爱一切。

圣人说：“怀着爱心吃菜，也要比怀着怨恨吃牛肉好得多。”如果我们的“对手”知道对他的怨恨使我们精疲力竭，使我们紧张不安，使我们的外表和内心都受到伤害，甚至使我们折寿的时候，他们不是会拍手称庆吗?

即便我们没办法爱我们的“对手”，起码也应该更多爱惜自己不要让“对手”控制我们的心情，左右我们的健康及外表。

当然，人非圣贤，要去爱我们的“对手”也许真的有点强人所难；但为了自身的健康与幸福，学习宽恕“对手”，甚至忘了所有的仇恨，也可以算是一种明智之举。

第五章

多好，又有新的时光可以惦念

有一种爱叫作放手

有人说初恋是轻音乐，热恋是狂想曲，那么失恋呢？失恋可能是令人难忘也难眠的小夜曲。尽管谁都不愿意失恋，但从人们恋爱的总体上说，失恋是难以避免的，也是我们无法刻意掌控的。失恋是痛苦的，但在这种痛苦面前，有的人能做出理智的选择，有的人则陷入了情感冲动的泥潭，严重地影响了自己的正常生活。

琳达和男朋友分手了，处在情绪低落中，从他告诉她应该停止见面的那一刻起，琳达就觉得自己整个人都被毁了。她吃不下，睡不着，工作时注意力无法集中，人一下消瘦了许多，有些人甚至认不出琳达来了。

她来到当初与前男友约会的公园里，伤心地哭了起来，她哭得很悲戚。她不明白为什么男孩不再爱她了。渐渐地，她由伤心变成了不甘心，又由不甘心变成了怨恨，她不甘心自己的爱为什么不能换来同样的回报，她怨恨他太狠心，太无情。她越哭越悲伤，难以遏止，陷于强烈的失落、自卑和悔怨中不能自拔。

一个长者知道她为什么而哭之后，并没有安慰，而是笑道："你不过是损失了一个不爱你的人，而他损失的是一个爱他的人。他的损失比你大，你恨他做什么？不甘心的人应该是他呀。再说，他已经不爱你了，你还要伤心、怨恨，来让这份失败的感情阻碍你今后的生活吗？"姑娘听了这话，忽然一愣，转而恍然大悟。她慢慢擦干泪，决定重新振作，投入新的生活。

是啊，当爱情离我们远去的时候，我们要尽力挽留；当我们无法挽留的时候，最好的处理方式，就是忘掉，忘掉以前的愉快和不愉快。当我们学会了忘记，才会真正地解脱，才会学会宽容。

恩格斯在 21 岁那年，曾失恋过一次。他在自己的日记中写道："还有什么比痛苦的失恋更高尚和更崇高——爱情的痛苦更有权利向美丽的大自然倾诉！"他果然去向大自然倾诉了，他越过了阿尔卑斯山，又到了意大利，很快在大自然的怀抱中医治了心灵的创伤，达到了心理的平衡。

普希金在失恋后也远走高加索，加入了对战土耳其的行列，在硝烟弥漫中冲洗掉失恋的惆怅。试想，一个经过生命与死亡之间痛苦挣扎的人，还会怕其他痛苦吗？相比之下，失恋的痛苦只不过是像被蚂蚁叮过一样，只是有点微痛而已。

文学巨匠歌德才华出众，他一生经历了十几次恋爱，每次他都全心地投入，把自己全部的热情奉献给对方，但一次又一次都未取回感情的"投资"。当他意识到爱情已面临破灭的边缘，有可能给对方带来灾难时，他立即从对方身边离开，不给对方带来痛苦，也及时地挽救了自己。

23岁那年，他又深深地爱上了一个叫夏绿蒂的少女，哪知她已经有了未婚夫，歌德又一次遭受沉重的打击，只好默默地离去。这已经是他的第5次失恋了。为此他痛苦至极，把一把匕首放在枕头底下，几次想到自杀，但后来终究还是下不了手，他把全部的精力投入到文学创作中去，及时地以工作热情补偿了感情上的失落，以事业的成功补偿了失恋的痛苦。

失恋并不意味着永远失去幸福，失去感情生活。感情满足的方式也不仅仅是爱情，亲情、友情，甚至是来自工作、学习的快乐也可以补偿因失恋造成的心理平衡。

“失去了她，我才遇见你”，这是一份无法企及的美丽。多一分坚强，失恋的人照样可以光鲜亮丽地生活，因为生命比我们预料的要顽强，要博大。

幸福与否，由你来定

如果有这样一个人，他在你的心目中是绝对完美的，没有一丝缺陷，你敬畏他却又渴望亲近他，那么，这种感觉不可以叫作“爱情”，而是“崇拜”。崇拜需要创造一个偶像，就像图腾之类没有血肉的东西；而爱情不需要，爱情是真真切切地能够用手触摸，用心体会的。爱情是你明知他穿得十分“土气”，却甘愿带他出入于大庭广众；是你鄙视杀猪匠，却偏偏做了杀猪匠的妻子；是你素有洁癖，却十分勤快地为他洗着油腻腻的饭盒、脏兮兮的球鞋……

一位秀外慧中的女孩大学毕业后，拒绝了很多优秀男孩的追求，选择了一个毫不起眼且个子矮小的同事。周围的许多人都觉得不可思议，就连她的闺中女友也表示不理解。而她自己却很坦然，在众人疑惑的目光中，她披上婚纱与先生施施然地走进了“围城”。

多年以后，当她的同学们都疲倦于营造自己的一隅，失望于当初幻想的破灭之时，众人才在同学聚会上发现：这位女孩并没有如他们原先所想的那样，被困在一个庸碌无为的圈子里，憔悴不堪，而是依然光彩照人，甚至比以前还多了一份成熟的雍容和深刻。

这位女士告诉大家，她的男人不是最优秀的，有着许多的缺点，但这些在她还没有接受他的时候就已知道；而她愿意，今生今世，将自己的感情托付给这个在她遇到挫折的时候默默地帮助她，在她失意的时候热情地鼓励她，并且从不索取任何回报的男人。

由此可想，如果有一份执着而持久的感情和一份金玉其外却瞬间即逝的“感情”，你宁愿选择哪一种？世界上有许多出色的男孩和美丽的女孩，然而真正属于你的感情只能有一份，千万莫因为别人的眼光而改变了自己的挚爱，莫要活在别人的眼光里而失去了自己。

其实真正的爱情只有蜕变成亲情才能永存，浪漫也只能是一时的风花雪月，再美丽的爱情到最后也要踏踏实实过日子。有时候想想人生这几十年，真是转瞬即逝，年华逝去，如梦无痕。一直渴望能和自己心爱的人，在余晖下，相依携手看天边的浮云，看飘零的枫叶。对自己来说，这就是幸福。

海岩说过，幸福其实就是个人内心的一种感受，无所谓是非对错的标准。其实只要你觉得自己是幸福的，那你就是幸福的。

挥手告别不适合自己的人

在巴黎市中心的两条大街的交叉口，有一座名为《巴尔扎克纪念碑》的塑像。这座塑像上的巴尔扎克昂着头，披散着发，用嘲笑和蔑视的目光注视着眼前光怪陆离的花花世界。然而巴尔扎克像却没有双手，这是怎么回事呢？

这座塑像是近代欧洲雕塑大师罗丹的作品。为了创作出这件作品，理解和体会这位《人间喜剧》作者的思想感情，表达出巴尔扎克的内在神韵，罗丹仔细阅读了巴尔扎克的全部重要作品，认真钻研了有关巴尔扎克的评论文章和传记作品。不仅如此，他还对塑像的创作持极其认真的态度。当时塑像的委托者限定 18 个月完成，并给了他一万法郎定金。罗丹为了避免时间仓促而做得粗制滥造，退回了一万法郎，并要求多给他一些时间。

在塑像的创作过程中，罗丹还经常征求别人的意见。

一天深夜，罗丹在他的工作室里刚刚完成巴尔扎克的雕像，独自在那里欣赏。他面前的巴尔扎克身穿一件长袍，双手在胸前叠合，表现出一种一往无前的气势。兴奋的罗丹迫不及待地叫醒一名学生，让他来评价自己的作品。

这位学生怀着惊喜的心情欣赏着老师的杰作，目光渐渐地集中在雕像的那双手上。“妙极了，老师！”这位学生叫道，“我从来没有见过这样一双奇妙的手啊！”听到这样的赞美，罗丹脸上的笑容消失了。他匆匆跑出工作室，又拖来另一个学生。“只有上帝才能创造出这样一双手，它们简直和活的一样。”学生用虔诚的口吻说道。罗丹的表情更加不自然了，他又叫来第三个学生。这个学生面对雕像，用同样尊敬的口气说："老师，单凭您塑造的这双手，就可以使您名垂千古了。"

此时的罗丹已经变得异常激动，他不安地在屋内走来走去，反复端详这尊雕像。突然，他抡起锤子，果断地砸掉了那双"举世无双的完美的手"。学生们惊讶于老师的举动，一时不知说什么才好。

罗丹用平静的口气对他们说："孩子们，这双手太突出了，它们已经有了自己的生命，不属于这座雕像的整体了。"

罗丹是明智的，不留恋最完美的，只根据自己的需要进行明确的选择。

生活中，我们选择恋人时又何尝不是如此。漂亮的、英俊的、有钱的……但如果不适合自己又何谈幸福呢?

爱情绝不是生命的全部，除此之外我们还有更多的事情需要去做，而不必在此浪费时间，特别是不要把感情浪费在不合适的人身上。当你感觉对方不合适时可以果断地选择离开，而不是被迫离开，虽然可能会落得个被抛弃的名声，但这又何尝不是一种洒脱呢?

一个女孩发现和自己订婚的男孩爱上了另一个女孩，但她觉得凭自己各方面的条件还是有可能令这个男孩回心转意的。于是，她将自己打扮得非常动人，然后约他见面。他看见她的样子，竟被迷住了。她在这最美的时候向他提出了分手，转身离开，留给了他一个洒脱的背影。他开始后悔了，而她，却因为主动提出分手，为自己留下了尊严和一份从容。

当你发现对方已经不适合自己了，不要一味地忍让包容，否则包容也会变成纵容。受了伤害，就有权离开；不爱了，就有权果断。和不适合的人分开，才会给自己机会去遇见合适的人。

守望对方的幸福

爱情不是占有，也不是付出多少就能得到多少的等价交换，有的时候我们会品尝到失去爱人的苦涩，需要明白放手也是一种爱。只有这样，你才能不为自己的执着所困惑，不为自己的妄念所痛苦，才能真正拿得起，放得下。

普陀山的寺院里有一个老修行者。他是一个铁工厂老板的独生子，父亲死后，他继承了全部的家业。但是他觉得铁工厂制造刀枪等武器威胁万物的生命，就放弃了父亲留给他的工厂，转而投身到农业当中。自己也操起锄头，带着妻子来到乡下过起自在的田园生活。

但是他的妻子却忍受不了这种淡泊、勤俭的日子，于是背着他和别人私通。私通这件事，他其实是有察觉的，不过他并未声张，也没有生气，只是把精力都放在了从事农作上，偶尔也参参佛法。

有一天，他故意对妻子说自己要外出大半月，让她好好照顾家。其实他只是躲在不远处的寺院里暗自观察，等待时机。

没过两天，妻子就真的约了自己的情夫到家里来住。他见时机已成熟，便买了些酒和菜回家了。

妻子见他突然回来了，赶紧把情夫藏了起来。他把酒菜摆好，叫来妻子和自己一块庆祝。

他说："我在外做生意赚了钱，今天你陪我好好地庆祝一番。"

妻子见他这么高兴，赶紧跑到厨房拿了两双筷子。他见了，说："你应该拿三双筷子才对。"

妻子疑惑地望着他问："为什么要拿三双？等会儿还有客人要吗？"

他说："我们的客人早就到了。"

妻子环顾四周，问："客人在哪呢？"

他说："就在屋子呀！"

妻子说："屋子里？我怎么没有看到。"

他说："你去把客人请出来吧。"

妻子既紧张又不解地说："你是不是哪里不舒服了？还是在外头遇见了什么不开心的事？"

他说："我很正常，你不用害怕。今天是个好日子，你尽管请他出来就好。"

妻子还是故意装作一无所知，和他对话。

最后，他实在忍不住了，便喝道："不要敬酒不吃吃罚酒，快请他出来，否则我就不客气了！"

妻子吓得直哆嗦，那个躲在房里的情夫更是怕得赶紧窜了出来。

他礼貌地给妻子的情夫敬酒，还向他跪拜磕头。弄得这对私通的男女吓得魂飞魄散。

"今天是个好日子。首先我要感谢你！"他对妻子的情夫说，"你简直是我的恩人。从今天起，我所有的财产，包括我的妻子，都送给你了。"

就这样，他把束缚他的万业放下，身心轻安地离开了家，去普陀山修行了。

这对男女结为正式的夫妻，可是新任的丈夫好吃懒做，吃喝嫖赌，还虐待她。这个时候她想起前夫的种种好，她知道，这是报应。于是她跑到普陀山去请求前夫和她和好。不过任凭她怎么央求，已是出家人的他都没有接受她的请求。反而劝说前妻应该回去和现任丈夫好好地经营家庭。她回去后，现任丈夫反而挥霍得更厉害，没过多久，前夫留下的家业全被他败光了。最后，她沦落街头，不得不以乞讨为生。

这天,她又来到普陀山请求前夫的原谅。但是前夫依旧心如止水，没有答应她。她不甘心，想尽办法来讨好前夫。她记起前夫最爱吃鲤鱼，于是跑到市场买了条鲤鱼，做成前夫爱吃的口味送到普陀山上来。

前夫没有拒绝这道菜，他说："你还记得我喜欢吃鲤鱼。既然你把它给了我，那我就收下，并放生它。"

听了前夫的话，她十分奇怪，问："鱼已经被煮熟，还能放生吗？"

他说："是啊，死了鱼是不可能复活、放生的。我们也一样，过去的感情已经逝去，还怎么复合呢？"

逝去的爱情无法挽回，再去死死地抓住不放手，也没有意义。虽然世人都希望"有情人终成眷属"，但世人总会受到很多限制，不能真的随心所欲。如果你真的爱一个人，却无法相守，你要记住：爱一个人并不是一定要得到。放开手，守望对方的幸福，也是一种真爱。

真爱自己，不执着于错爱

苏蓉是金融系毕业的高材生，1.68 米的身高配上大眼睛柳叶眉更是显得国色天香，可就是这样一个各方面都很出众的女孩子，却迟迟嫁不出去。原因很简单，俗话说结婚要“门当户对”，恋人要“郎才女貌”，所以家境和自身条件都很出众的苏蓉认为自己未来的丈夫应该是各方面都和自己相当的人。

遗憾的是这样一个完美的人却迟迟没有出现在苏蓉的世界里，在一年又一年的等待中，闺中密友都已经嫁作他人妻，自己的追求者也都纷纷离去，苏蓉还是一直苦苦坚守着自己最初的择偶标准，于是，至今美丽的苏蓉仍然孤单地穿梭在这个时尚的都市里。

现在的都市，像苏蓉这样的单身高龄白领越来越多，他们用自己内心的标准横扫着这个世界来来往往的人群，却因为自己亘古不变的执着一次又一次大失所望。真爱自己，又何必强求自己？俗话说：“人生不如意事常八九”，世界上很少有什么事情会按照自己的愿望圆圆满满地实现。当现实和我们心中的期待发生冲突的时候，难道就没有一种妥协的方法吗？

某大学高材生陈小姐，因相貌欠佳，找工作时总过不了面试关。经历了一次又一次的打击，陈小姐几乎不相信所有的招聘渠道，她决定主动上门专挑大公司推销自己。

她走进一家化妆品公司，面对老总，从一些国际知名化妆品公司的成功之道说到国产品牌的推销妙招，侃侃道来，顺理成章，逻辑缜密。

这位老总很兴奋，亲切地说：“小姐，恕我直言，化妆品广告很大程度上是美人的广告——外观很重要。”陈小姐毫不自惭，迎着老总的目光大胆地说：“美人可以说这张脸是用了你们的面霜的结果，丑女则可以说这张脸是没有用你们的面霜所致，殊途同归，表达效果不是一样吗？”

最终，她被正式录取了。

陈小姐于劣势之中，以自信赢得了胜利。

世间芸芸众生，有一个共同的特点，那就是一切都是为了一个“我”，最放不下的也是这个“我”。于是所有人都拼尽一生，去赚取这个“我”所需要的物质享受和精神享受，最终衍生出无穷无尽的痛苦。

人的一生总会遇到许许多多的人，来来往往中有爱我的人来了也有我爱的人走了。世事无常，我们又何必执着于内心那个虚无缥缈的标准，去找那个并不存在的爱的唯一映射体呢？这个世界，很多人都可以去爱，彼此照顾、珍惜即可，不必求完美的心动，相濡以沫，便是最美。

在爱情的征途上，我们不怕燃烧自己，生命的灿烂在于我们涌动不息的生命激情，我们付出，挥洒，点亮暗淡的人生，在光和影之间轻舞，境由心造，心境互融，浪漫自生。

也许正如张爱玲说的那样：于千万人之中遇见你所要遇见的人，于千万年之中，时间的无涯的荒野里，没有早一步，也没有晚一步，刚巧赶上了，那也没有别的话可说，唯有轻轻地问一声：“噢，你也在这里吗？”

走好爱情的斑马线

爱情是维系社会人间的一股力量，既然人是由爱而生，就不能离开爱。爱有正当的，有不正当的。正当的爱就是绿灯，不当的爱就是红灯。

放弃一个爱你的人并不痛苦，放弃一个你爱的人才是痛苦，爱上一个不爱你的人更加痛苦。爱情必须是双向的才能开花结果，所以在对待爱情这条路时，必须要遵守红绿灯规则。

而所谓的绿灯的爱，就是合乎人伦道德，合乎社会公论的。正当的爱有合法的对象、合法的婚礼、合法的关系、合法的时空等。红灯的爱，是不合乎伦理道德、不合乎身份、不合乎规律的，是社会所不认同的。例如，没有获得对方同意，一厢情愿地追求，甚至以非法手段强迫对方顺从，乃至骗婚、抢婚、重婚等法律所不允许的行为，其前途必定充满危险。

真正的爱情，即便是在情感浓厚的时候，也不失去理智；只有在双方你情我愿的情况下结合，爱情才会长久。虽然爱情常会令人变得盲目，但理智还要存在于相爱之人的内心当中。如果爱得过分，乱了方寸，失了方向，最后不知道该怎样去爱对方，这样的爱通常都会滋生不尽的痛苦和烦恼。

20 世纪 30 年代上演的一部名为《盲目的爱情》的电影，讲述同窗好友俞汝南和尤温，同时爱上了女伶王幽兰。幽兰属意汝南，于是多次婉拒尤温的邀请。一日，尤温眼见幽兰、汝南相处，妒火中烧，打瞎了汝南眼睛。幽兰誓为汝南报仇，却被尤温关禁于土窟。汝南整日沉溺于思念中，其表兄蔡君偶闻幽兰已与尤温私奔。遂骗汝南，说幽兰已死。时光荏苒，两人俱已年老，幽兰终于逃出土窟，来见汝南。汝南摸得幽兰枯老的面孔头发，怒斥用一个老丑妇人来假扮幽兰。幽兰大受刺激，拔刀自刎。临终忍痛唱一首幽兰曾经唱过的歌。

汝南幡然醒悟，然而幽兰已含泪九泉。

俞汝南、尤温、幽兰三人间的爱情悲剧深深地触动着人心，同时也告诉世人，盲目的爱情有多么可怕。

曾经在日本有一对青年恋人，在相爱达到最高潮时，双双跳入火山口中，让他们的爱情永垂不朽。还有一次，一群年轻人到山上探险，在一个废弃屋子的厕所里看到了一对拥抱的干尸。经过警方的查实，这对男女因为遭到父母的反对，于是在废屋的厕所里烧炭自尽。以死的方式来证明彼此的相爱。

这种爱虽然真挚，震撼人心，却是不可取的。爱的确是无比纯洁的，但是为了爱而做的付出，便要看看哪些是值得的，哪些是不值得的。因为爱而失去生命，死亡的人不会痛苦，死者的亲人却要饱尝悲痛。

人所共知，爱情之火活跃、激烈、灼热，但爱情也是一种朝三暮四、变化无常的感情，它狂热冲动，时高时低，忽冷忽热，把我们系于一发之上。爱情的不定性让人们常常失去理智。所以人们应当了解哪些是红灯的爱，哪些是绿灯的爱。

在爱情这条斑马线上，看清红绿灯，才能审慎前进，才能让自己在爱情的道路上走得更加顺畅，获得幸福的生活。

找一个爱自己和自己爱的人

在我们的生活里，很多女性的价值观发生了扭曲，她们觉得只有找到一个大款，把自己嫁掉，才能够维系生活的浮华，也能满足自己的虚荣心。那么到底应该选择我爱的人呢，还是选择爱我的人？

不适合自己的“爱情”不仅不能给自己带来幸福，反而会浪费自己的青春和感情，给自己的心灵造成伤害，使我们丧失对真爱的感悟力，使伤痕累累的我们没有信心再去尝试真正的爱情，从而错过人生中的最爱，这岂不是最大的悲剧吗？

在《乱世佳人》中，斯嘉丽少女时代就狂热地爱上了近邻的一位青年阿希礼。每当遇到阿希礼，斯嘉丽就恨不得把自己全部的热情都倾注在他身上，然而他却浑然不觉。在斯嘉丽向阿希礼表达她的爱恋之情时，被另一个青年瑞特发现，从此瑞特对斯嘉丽产生了兴趣。阿希礼没有领会斯嘉丽的真情，同他的表妹梅兰结婚了，斯嘉丽陷入深深的痛苦之中，然而对阿希礼的爱恋依然丝毫没有减弱。

战争爆发后，瑞特干起了运送军民物资的生意，并借此多次接触斯嘉丽。他非常欣赏斯嘉丽独立、坚强的个性和美丽、高贵的气质，狂热地追求她，引导斯嘉丽冲破传统习俗的束缚，激发她灵魂中真实、叛逆的内核，让她开始追求真正的幸福。斯嘉丽最终经不起他强烈的爱情攻势，他们结婚了，然而斯嘉丽却始终放不下对阿希礼的感情，尽管瑞特十分爱她，她却始终感觉不到幸福，一直不肯对瑞特付出真爱，以致他们的感情生活出现了深深的裂痕。

后来，他们最爱的小女儿不幸夭折，瑞特悲痛万分，对斯嘉丽的感情也失去信心，最终离开了她。瑞特的离去使斯嘉丽最终意识到自己的真爱其实就是他，然而一切悔之晚矣。

斯嘉丽被一个并不爱她的男人蒙蔽了发现爱情的双眼，一生都在追求一种虚无缥缈的感觉，追求一种并不存在的所谓的爱情，当真正的爱情一直追随自己时，她却屡屡忽略。瑞特选择了一个不爱自己的女人，也因此付出了青春和感情，最终使自己伤痕累累。他们俩的选择都是错误的，因为他们选择了不爱自己的人，致使自己的感情白白付出，酿成了悲剧。

真正完美且能够长久地给人带来幸福的爱情，应该是两厢情愿、两情相悦的，是爱情双方互相认同和吸引的，是双方共同努力营造的。

爱一个人，你就会傻傻地爱得忘了自己，你会爱着他所爱的，痛着他所痛的；你会因为他的开心而开心，因为他的悲伤而悲伤；你会挂念着他的衣食住行；你会爱他的全部，包括他的缺点；你常常会不自信，会担心自己配不上他，而不断地改变自己，努力使自己变成他所喜欢的样子……也许这样，不了解爱情的人会觉得累，觉得自己的生活经不住这样的折腾，但是只有当事人才能体会到内心的甜蜜，才能感受到两个人在一起生活的美好。

几十年前，一个男孩对一个女孩说："如果我只有一碗粥，我会把一半给母亲，另一半给你。"于是女孩子喜欢上了这个男孩。

有一次村里发大水，男孩忙着去救别人，而没有去救女孩。别人问他为什么，男孩说："如果她死了，我也不会独自活在这个世上。"这一年女孩 20 岁，男孩 22 岁，女孩嫁给了男孩。

在闹饥荒的年月里，两人只有一碗粥，他们互相谦让，都想让对方吃下去，结果这碗粥三天后发了霉。那时他们分别是 40 岁和 42 岁。当他 52 岁那年，因家庭成分不好被挂上牌子批斗，也已 50

岁的她心甘情愿地陪伴着他。她告诉他，无论有多大的苦多大的难，你是我生命中唯一的支流，我永远是你爱的源头。

许多年过去了，他们成了 70 多岁的老人。在一次坐公共汽车时，有一位年轻人给他们让座，他们都不肯坐下而让对方站着，于是两个人紧紧靠在一起抓着扶手。这时车上所有的人都被这美丽而朴素的风景感染了，齐刷刷地站了起来，充满无限敬意的眼睛，仿佛看到他们心中的玫瑰花正在盛开，醉人的温馨里浸润着浓浓的恋意……

有一颗两情相悦的心，才能弹奏出最美的爱情进行曲。

一个巴掌拍不响，单靠一个人的努力，另外一方无所回应，爱情的嫩苗不可能发展壮大，爱情的花朵也不可能结出丰硕的果实。因此，我们在寻找爱情时，一定要找一个既爱自己又被自己深深爱着的人，找一个与自己的道德观念、人生理想、信仰追求相似的人。尽管这样的爱情得来不易，适合自己的伴侣迟迟没有出现，我们也应对真爱抱有坚定而执着的信念，做到“宁缺毋滥”。

好好珍惜眼前人

从前，有一座圆音寺，每天都有许多人上香拜佛，香火很旺。在圆音寺庙前的横梁上有个蜘蛛结了张网，由于每天都受到香火和虔诚的祭拜的熏陶，蜘蛛便有了佛性。经过了一千多年的修炼，蜘蛛的佛性增加了不少。

忽然有一天，佛祖光临圆音寺，看见这里香火甚旺，十分高兴。离开寺庙的时候不经意间看见了横梁上的蜘蛛。佛祖停下来，问这只蜘蛛："你我相见总算是有缘，我来问你个问题，看你修炼了这一千多年来，有什么真知灼见。"

蜘蛛遇见佛祖很是高兴，连忙答应了。佛祖问道："世间什么才是最珍贵的？"蜘蛛想了想，回答道："世间最珍贵的是'得不到'和'已失去'。"佛祖点了点头，离开了。

蜘蛛依旧在圆音寺的横梁上修炼。

有一天，刮起了大风，风将一滴甘露吹到了蜘蛛网上。蜘蛛望着甘露，见它晶莹透亮，顿生喜爱之意。蜘蛛看着甘露，它觉得这是它最开心的几天。突然，又刮起了一阵大风，将甘露吹走了，蜘蛛很难过。这时佛祖又来了，问蜘蛛："蜘蛛，世间什么才是最珍贵的？"蜘蛛想到了甘露，对佛祖说："世间最珍贵的是'得不到'和'已失去'。"佛祖说："好，既然你有这样的认识，我让你到人间走一趟吧。"

蜘蛛投胎到了一个官宦家庭，成了一个富家小姐，父母为她取了个名字叫蛛儿。很快蛛儿到了 16 岁，出落成了个楚楚动人的少女。

这一日，皇帝决定在后花园为新科状元郎甘鹿举行庆功宴席。宴席上来了许多妙龄少女，包括蛛儿，还有皇帝的小公主长风公主。状元郎在席间表演诗词歌赋，大献才艺，在场的少女无不被他折服。但蛛儿一点也不紧张和吃醋，因为她知道，这是佛祖赐予她的姻缘。

过了些日子，蛛儿陪同母亲上香拜佛的时候，正好甘鹿也陪同母亲而来。上完香拜过佛，两位长辈在一边说上了话。蛛儿和甘鹿便来到走廊上聊天，蛛儿很开心，终于可以和喜欢的人在一起了，但是甘鹿并没有表现出对她的喜爱。蛛儿对甘鹿说："你难道不记得16年前圆音寺蜘蛛网上的事情了吗？"甘鹿很诧异，说："蛛儿姑娘，你很漂亮，也很讨人喜欢，但你的想象力未免太丰富了一点吧。"说罢，便和母亲离开了。

几天后，皇帝下诏，命新科状元甘鹿和长风公主完婚，蛛儿和太子芝草完婚。这一消息对蛛儿如同晴天霹雳，她怎么也想不通，佛祖竟然这样对她。几日来，她不吃不喝，生命危在旦夕。太子芝草知道了，急忙赶来，扑倒在床边，对奄奄一息的蛛儿说道："那日，在后花园众姑娘中，我对你一见钟情，我苦求父皇，他才答应。如果你死了，那么我也就不活了。"说着就拿起了宝剑准备自刎。这时，佛祖来了，他对快要出壳的蛛儿灵魂说："蜘蛛，你可曾想过，甘露（甘鹿）是风（长风公主）带来的，最后也是风将它带走的。甘鹿是属于长风公主的，他对你而言不过是生命中的一段插曲。而太子芝草是当年圆音寺门前的一棵小草，他看了你三千年，爱慕了你三千年，但你却从没有低下头看过它。蜘蛛，我再问你，世间什么才是最珍贵的？"蜘蛛一下子大彻大悟，她对佛祖说："世间最珍贵的不是'得不到'和'已失去'，而是现在能把握的幸福。"刚说完，佛祖就离开了，蛛儿的灵魂也回位了，她睁开眼睛，看到正要自刎的太子芝草，马上打落宝剑，和太子深情地抱在一起……

虽说爱情需要用心去等候和追求，然而生命也常常在这种固执的等待中悄然流逝了，人们却并不懂得，如何去珍惜身边的和已经拥有的；他们也不知道，自己已经得到的，其实就是最大的幸福、最真的爱情。

缘分天注定，“得之我幸，失之我命”，唯一要懂得的是：珍惜眼前人。

第六章

时间会把我们变成喜欢的样子

剔除生命的杂质

快乐是一种身心愉快的状态，它不需要大量的金钱去支撑，也不需要以名气为后盾，更不需要乌纱帽来提携，它只与一个人的内在有关。物质财富的获得可能让人获得快乐，可是处理不当则会成为人生的负累，生活从此远离快乐，永无宁日。

从前在峨眉山下有一个樵夫，他长年累月都以打柴为生，早出晚归，风餐露宿，但是家里仍然常常揭不开锅。于是他老婆天天到佛前烧香，祈求佛祖慈悲，让他们脱离苦海。

真是苍天有眼，大运降临。有一天樵夫在大树底下挖出了十八个金罗汉。转眼间，他就变成了百万富翁。于是他买房置地，宴请宾朋，好不热闹。亲朋好友也都像是一下子从地下冒出来似的，纷纷前来向他表示祝贺。

按理说樵夫应该非常满足了，现在终于知道荣华富贵是什么滋味了。可是他只高兴了一阵子，就开始愁眉苦脸，吃睡不香，坐卧不安了。他的妻子看在眼里，劝他说：“现在我们还有十七个金罗汉，吃穿不愁，又有良田美宅，你为什么还是愁眉苦脸的呢？你这个丧气鬼，天生就是个受穷的命！”

樵夫听到这里，不耐烦了：“你个妇道人家懂得什么？我们得了金罗汉的事情，人人都知道了。如果有人来偷来抢怎么办？我是愁没有最好的地方来藏它们。”妻子听过之后也觉得有理。于是夫妻二人开始找藏金罗汉的好地方。可是无论何地他们都觉得不安全，结果就这样天天找，天天担心，生活没有了一刻的宁静。

人生在世，名利钱财、金银珠宝等都是身外之物，即使时时刻刻永不停息、永无止境地去追求和索取它，也不会有满足的时候。相反，一味地追求反而丢失了生活的宁静与快乐，真是得不偿失。

快乐无须附丽，它只是内心深处的富足，它像一缕清纯的阳光，既可以照亮自己，也可以照耀周围的人。那些身无长物的人，同样可以获得人生的快乐。

当我们哀叹命运不公，抱怨时运不济时，以为只有得到名利才快乐，那真是一件可悲的事情。快乐其实很简单，它就住在每个人的心里，不过，需要我们用心寻找。

传说某一天，上帝闲来无事，和天使们聊天。他突发奇想，说：“我要人类在付出一番努力之后才能找到幸福快乐，我们把人生幸福快乐的秘密藏在什么地方比较好呢？”

第一位天使想了想，说：“把它藏在高山上，这样人类肯定很难发现，非得付出很多努力不可。”

上帝听了摇摇头。

另一位天使跟着说：“把它藏在大海深处，人们一定发现不了。”

上帝听了还是摇摇头。

这时，又有一位天使说："我看哪，还是把幸福快乐的秘密藏在人类的心中比较好，因为人们总是习惯向外去寻找，而从来没有人会想到在自己身上去挖掘这幸福快乐的秘密。"

上帝听了这个回答，拍手称快，并采纳了天使的建议。

从此，这幸福快乐的秘密就藏在了每个人的心中。

确实，只有心才是快乐的根。

快乐不是霓虹灯下的买醉，不是一掷千金的快感。快乐是一份安心，宠辱不惊，不为利驱，不为名逐，不为情惑，快乐是看花开花落、云卷云舒的散淡安然。

如果我们希望有所成就并且生活得逍遥自在，豁达明朗，首先要努力使自己成为一个有道德教养的人，一个有良好品格的人，一个有丰富心灵的人，一个有益于他人的人，这样才能有效地防止那些使人沮丧和紧张的因素，从而充分享受工作和生活本身蕴含的乐趣，在任何情况下保持一种"临清风，对朗月，登山泛水，肆意酣歌"的心境，陶陶然乐在其中，不亦快哉!

确立生命的意义

法国作家蒙田说:"生命的用途并不在长短而在我们怎样利用它。许多人活的日子并不多，却活了很长久。"生而为生命是非常珍贵的，能生而为有觉知、意识的人更是特别难得，能真正活出生命的意义的人更是难得中的难得。

一个人要想使自己达到一种很高的境界，必须把自己的心域拉到无限远，不能局限于眼前所得，要思考生的意义。我们活在这个世界上不是为活着而活着，而是应该考虑怎样去生活。时间的意义不是让人们去衡量日夜的循环，也不是让人们记录自己的皱纹和衰老。它不是空洞的滴答声，不是浑浑噩噩地吃饭和睡觉，而是在时间的长河中，让人们找到度日的信念，获得心灵上的满足。

对于人类来说，生命本身是没有内涵的，它需要人在时间里进行实践，然后才能确立自己的内涵，赋予其意义。或者我们可以说，生命的意义需要我们自己来确定。

在一所很有名的大学里，著名作家毕淑敏正在演讲。从她演讲一开始就不断地有纸条递上来。有一张纸条上的问题是："人生有什么意义？请你务必说实话，因为我们已经听过太多言不由衷的假话了。"

她当众把这个问题念出来了，念完以后台下响起了掌声。她说："你们今天提出这个问题很好，我会讲真话。我在西藏阿里的雪山之上，面对着浩瀚的苍穹和壁立的冰川，如同一个茹毛饮血的原始人，反复地思索过这个问题。我相信，一个人在他年轻的时候，是会无数次地叩问自己——我的一生，到底要追索怎样的意义？

"我想了无数个晚上和白天，终于得到了一个答案。今天，在这里，我将非常负责地对你们说，我思索的结果是，人生是没有任何意义的！"

这句话说完，全场出现了短暂的寂静，如同旷野。但是，紧接着就响起了暴风雨般的掌声。这可能是毕淑敏在演讲中获得的最热烈的掌声。在以前，她从来不相信有什么“暴风雨般的掌声”这种话，觉得那只是一个拙劣的比喻。但这一次，她相信了。她赶快用手做了一个“暂停”的手势，但掌声还是绵延了很长时间。

她接着又说：“大家先不要忙着给我鼓掌，我的话还没有说完。我说人生是没有意义的，这不错，但是，我们每一个人要为自己确立一个意义！是的，关于人生意义的讨论，充斥在我们的周围。很多说法，由于熟悉和重复，已让我们从熟视无睹滑到了厌烦，可是这不是问题的真谛。真谛是，别人强加给你的意义，无论它多么正确，如果它不曾进入你的心理结构，它就永远是身外之物。比如，我们从小就被家长灌输过人生意义的答案。在此后漫长的岁月里，老师和各种类型的教育，也都不断地向我们批发人生意义的补充版。但是有多少人把这种外在的框架，当成了自己内在的标杆，并为之下定了奋斗终生的决心？”

那一天讲演结束之后，所有听演讲的同学都有这样一种感觉：他们觉得最大的收获是听到一个活生生的中年人亲口说：人生是没有意义的，你要为之确立一个意义。

现实中，人们常说“这是在数着日子过”“现如今只有吃喝等死了”……我们与其在说这样无用的话还不如去寻找一些有意义的事情来做，真正对有意义的事投入热情的人，是不会在意时间的流逝的。

死是我们无法决定的，但如何生却是可以由我们自己来掌握。我们不妨在生的时候好好活着，活出生命的真意，活出一个有意义的人生。

涤荡心灵，滤去忧郁

就像再光亮的玻璃也会有模糊的一天，再阳光的心灵也会有悲伤的流入，我们怀揣着忧虑的心情走在人生的路上，不知道在下一站会掀开什么样的景致，忧郁就会悄悄爬上微蹙的眉头。

偶尔的忧愁也许会让你的眉头微蹙，然而这却是必要的，正如夏日午后的一场大雨，让备受烈日炙烤的生命得到了暂时的舒缓。但如果这忧愁持续的时间太久，很可能就会变成一种叫作忧郁的东西，它会让你心灵因持续受煎熬而不能自拔，最终迷失了自我，丧失了对生命的向往以及对生活的渴望。忧郁是心灵的感冒，如果不及时加以治疗，很可能会引发更严重的心理疾病。

抑郁寡欢不是内向或者个性孤僻者的专利，很多时候，一些性格开朗的人也会陷入深深的忧郁之中，导致日常生活不能正常运行。当然，性格孤僻的人则更容易陷入忧郁的情绪。一时的不快如果没有得到及时的开导与缓解，很有可能弥漫于整个心灵，慢慢地走向忧郁。

戴尔·卡耐基曾经就是一名抑郁症的患者。由于家境贫寒，戴尔在小的时候就有比其他孩子更多的忧愁与烦恼。他从小惧怕死亡，电闪雷鸣的天气会让他认为是自己生命末日的来临。戴尔长得不够帅气，一位叫山姆·怀特的家伙声称：“总有一天，我要剪断你那双讨厌的大耳朵。”戴尔信以为真，每日为此忧虑，时常不能入睡。

进入青春期后，戴尔的内心又多了新的忧愁，他非常渴望能够与女孩子交往，然而当他真的在和女孩交谈的时候，又会表现得局促不安，他总是担心自己在婚礼上会有怎样丢人的表现。他回忆说："我想象着我们在某个乡村教堂举行婚礼，然后搭乘车顶缀有饰品的四轮马车返回农场……我无法想象我在返回农场的途中说什么，我又怎样才能使我们的谈话继续下去……"直到1948年，戴尔还说："当我微微举帽向她们打招呼时，我忧虑着女孩子们将对我笨拙的动作和不敢恭维的声音而嘲笑我……"

戴尔·卡耐基之所以患上抑郁症，不仅与他的成长环境息息相关，更重要的是因为他没有丰富的社会经验，也没有长期的人生体验，对世界的看法太简单，对人生的态度也过于消极。随着在社会上的闯荡以及眼界的开阔，戴尔终于在漫长的人生磨砺之中克服了抑郁症，而且还从他个人的经历中汲取了多经验和总结，写出了《摆脱忧郁的方法》，风靡全球。

时常会有人抱怨，现代人的生活节奏过于紧凑，学习和工作压力也越来越大，这直接导致了人们每日都处于奔波与繁忙的状态之中，人与人之间的交流越来越少，人情也越来越冷漠，这样的生活环境的确容易让人陷入忧郁。可是，生活就一定要这样过下去吗？我们真的忙到没有时间微笑，没有力气交流了吗？

缓解负面情绪的方式很多，也很简单。生气的时候静下心来想一想事情的来龙去脉，等理清了头绪之后，愤怒的情绪也已经烟消云散；烦闷的时候与朋友一起去看场电影或是听一场音乐会，让不快乐的情绪在笑声中终结，在旋律中溶解；悲伤的时候读读书，与作者在文字中交流，或者与朋友在现实中相互倾诉，这样你很快就会高兴起来的。

与群石对语，看顽石点头

穿越岁月的长河，无数美好的瞬间都在细雨中凋零陨落，无数壮丽的举动都在和风里化为尘埃，雄奇的景观都将随光阴而沧桑，坚定的信仰也会遗失在时光的洪荒里。美丽、感动、快乐、悲伤常常只在刹那之间，如清晨露水，日出即干涸；如夜色昙花，一夜枯荣。人道“天下黄河九的十八弯”，然毕竟东流去，这一滴水与那一滴水转瞬之间从咫尺到天涯。

人生短暂，红颜弹指老，刹那芳华尽，而禅的智慧却在人生的众多瞬间化为永恒。

与群石对语，看顽石点头，拈花一笑，掸衣无痕，这是佛的姿态。

相传在灵山法会上，释迦牟尼为众人说法。他手指间拈着一朵花，一句话也不说，只是对着众生微笑，似乎所有佛法的奥义，都已经在这拈花示众和微笑之间道尽了。

众生面面相觑，不知该如何回应。唯有大弟子摩诃迦叶抬起头，直视着佛陀的双目，并报以会心一笑。

释迦牟尼欣然赞叹道：“吾有正法眼藏，涅槃妙心，实相无相，微妙法门，不立文字，教外别传，付嘱大迦叶。”

这一拈一笑间传递了一切，也象征着一种心灵的和谐、完美与圆融。这就是禅宗的第一次传灯，摩诃迦叶继承了佛祖的衣钵，也继承了他传法普度众生的事业。禅法智慧的传承似乎就在两人相视一笑间完成了，但智慧的意义却并未在那个瞬间全部实现。禅宗智慧的刹那芳华与永恒魅力往往是共存的，并行且永不相悖。

星云大师主张佛门的“生命教育”：生命之所以有力量，在于能为生命留下历史，为社会留下慈悲，为自己留下信仰，为人间留下贡献。人的色身虽然有老死，真实的生命却是不死的，就如薪火一样，赓续不已。

生命就在呼吸之间，既然每个人都以同样的步速从这几十年的光阴中穿行，为何不选择走得更加踏实、更加稳健，既能自利，又可利人。当走到生命的尽头，即使不能留下深刻的痕迹，也能够感受到发自内心的欣慰。

正如印度诗人泰戈尔所言：“天空中没有翅膀的痕迹，但我已经飞过。”这种飞翔也是一种姿态，它同所有智慧姿势一样，具有一种永恒不灭的精神魅力。

遇见最真实的自我

我们最大的困惑，就是我们不了解我们的对手，更深刻地说，我们的最大困惑，应该是我们不了解自己。曹操就曾经叹息：“人苦于不自知。”以曹操的人生历练来看，他晚年讲出来的这句话，真是一句充满智慧的语言。

那句著名的“认识你自己”，就刻在古希腊的阿波罗神庙里。尼采也曾在他的文章中提到：“我们无可避免地跟自己保持陌生。我们不明白自己，我们搞不清楚自己。我们的永恒判词是：离每个人最远的，就是他自己。”

确实，人们总是想尽各种办法，去了解自己身边的人，却总是忽略了对自己的认识。于是，出现了一种柏杨先生所谓的“恐龙型人物”，他指出：“恐龙型人物最大的特征是生活在日落西山斜照下的影子里。眼看太阳就要没啦，影子也要没啦，但他却觉得一切都是永恒的，一个人只要驾了一阵飞机，就自以为可以直起直落。只要开了一阵汽车，就自以为往后凌空，仍然转弯抹角。只要当了几年护士，就自以为闭着眼睛就可以找到静脉血管……沾沾自喜和浮夸肤浅，只有使一个人陶醉在自己的影子里，惹人生厌生畏，自己却再不能吸收任何新的东西，再没有长进。”

那些终日陶醉在自己影子里的人,反而是对自己一无所知的人。他们完全忽略了自己真实的身形，而只是盯着日薄西山之时拉长了的影子洋洋得意，丝毫觉察不出它在日落之后便会完全消失，他们的结果可想而知。

理发师有一把刮脸刀，它不仅十分漂亮，而且工作出色。有一段时间，理发师因事外出，理发店里没有顾客光顾了，刮脸刀闲得无聊，突然想要出去见见世面，并在众人面前展示一下自己。

刮脸刀刚迈出门槛，太阳光射过来，在它的刀刃上闪出耀眼的光芒。它非常得意，觉得自己实在是了不起。

经历了如此壮丽的场面，刮脸刀已经不愿意再回到理发店去为理发师服务了。“那破旧的小小理发店，怎能配得上我这锋利的刀刃呢？我得找个僻静的角落躲藏起来，让那个讨厌的理发师再也找不到我。”

从此，理发师再也见不到这把刮脸刀的踪影了。

几个月过去，多雨的季节来临了。躲藏已久的刮脸刀决定出来透透气，却没想到在它跳出刀鞘时被雨水浸得锈迹斑斑了。

刮脸刀知道自己错了，它悔恨地痛哭：“我为什么忍受不住诱惑呢？善良的理发师照顾我，保养我，他曾为我的劳动充满自豪！可现在，一切都失去了，我的刀锋生出令人厌恶的锈斑。”

一把刮脸刀反映出了许多没有自知之明人物的特征与命运。莱辛说：“我们的骄傲多半是基于我们的无知。”学海无涯，但人生有涯，要用有限的人生去学习无涯的知识，只能以自己的无知来不断地鞭策自己，做一棵自省的树，不断地向上生长。

有自知之明能让我们明晓得失、看清自己，是完善自我的重要方法，是治愈错误的良药，它能给我们也许已日渐混沌的心灵带来一缕光芒。它就像一道清泉，将思想里的浅薄、浮躁、消沉、阴险、自满、狂傲等污垢涤荡干净，重现清新、昂扬、雄浑和高雅的旋律，让生命重放异彩，生气勃勃。

清理心灵的后花园

常常爬山的人，都知道“山不转路转，路不转心转”的道理，禅宗中也有类似的情形，“山不转路转，境不转心转”，境由心生，心乃画师，能画世间万般景象。

人生不如意事十之八九，在必要时采取适当的方法剪掉心中的死结，才能够获取更广阔的心灵空间。

阳春三月，弟子们坐在禅师周围，等待着师父告诉他们人生和宇宙的奥秘。

禅师一直默默无语，闭着眼睛。突然他向弟子问道：“怎么才能除掉旷野的草？”弟子们目瞪口呆，没想到禅师会问这么简单的问题。

一个弟子说：“用铲子把杂草全部铲掉！”禅师听完微微笑地点头。

另一个弟子说：“可以一把火将草烧掉！”禅师依然微笑。

第三个弟子说：“把石灰撒在草上就能除掉杂草！”禅师脸上依然带着微笑。

第四个弟子说：“他们的方法都不行，那样不能除根的，斩草就要除根，必须把草根挖出来。”

弟子们讲完后，禅师说：“你们讲得都很好，从明天起，你们把这块草地分成几块，按照自己的方法除去地上的杂草，明年的这个时候我们再到这个地方相聚！”

第二年的这个时候，弟子们早早就来到这里。原来杂草丛生的地已经不见了，取而代之的是金灿灿的庄稼。弟子们在过去的一年时间里用尽了各种方法都不能除去杂草，只有在杂草地里种庄稼这种方法取得了成功。他们围着庄稼地坐下，庄稼已经成熟了，可是禅师已经仙逝了。那是禅师为他们上的最后一堂课，弟子无不流下了感激的泪水。

除掉心中的杂草，最好的方法不是用蛮力与之相抗，而是在心中播撒下新的种子，用新鲜生命、饱满的热情来抗衡杂草的韧性。心中的死结往往就像杂草一样，有着极强的生命力，外力通常只能改变它们的生长轨迹，却不能完全将之从自己的生命中驱逐。

时刻不忘清理自己的心灵后花园，生命必将绽放出无比耀眼的光彩。

心灵是一座所植花草种类繁多的花园，需要我们时时垦殖翻耕。这个花园中有秽土，也有净土，所以不可能永远保持快乐与清净。只要是花园，就会生长杂草，四处蔓延。作为自我心灵的园丁，我们绝不能放任杂草丛生，占尽花木所需的阳光雨露，否则这座花园就必定成为人生困顿的围城，而及时修剪，求得和谐美好的内心环境，围城之中也能过自在人生。

为活着的每一天喝彩

有人说，一个人从生下来就开始走向死亡。其实，我们的生活并没有那么悲观，“走向”是一个生命的经历，我们从出生到死亡，要过一段说长不长，说短也不短的时间旅程，把握这段旅程，没有荒废，在即将离开人世的那一刻，没有后悔，那就不枉到这世上走一遭，就没有什么理由去惧怕死亡。

一位中年人和一位年轻人都不幸身患绝症，他们住在同一间病房。中年人的生命只有一个月的时间了，年轻人则还有三个月的时间。年轻人对自己即将终结的生命感到很沮丧，同时也不断怒骂老天对他的不公平。尽管他的父母为了给他治病，几乎倾家荡产，累得筋疲力尽，心力交瘁，但他还是对父母充满了怨恨、指责，埋怨他们没有给他好的身体，也没有挣很多的钱给他治病。每次来探望他的时候，他的父母听到的都是对他们的愤恨。老人家只能默默流泪。

而另一位中年人则表现得很平静，每次对前来探望他的家人、朋友都非常平和，经常还谈笑风生，非常幽默，根本看不出一个即将死去人的悲凉。一次，年轻人的父母在受完儿子的责骂走后，中年人终于忍不住地对年轻人说："你死了，不仅是对你父母的解脱，也是对你自己的解脱。"年轻人很愤恨地问道："你为什么这么说？"

中年人平静地解释道："你的内心充满了怨恨，丝毫没有怜惜你的父母，他们是在承受着你的折磨；而你自己在折磨他人的同时，也在折磨自己。生命只剩下最后有限的时光了，你却还是没有看到美好的东西，如果这样，给你100年的寿命也活不出什么意义来！"

托马斯曼说："死亡是什么？这个问题的答案不是用几个贫乏的、煞有介事的字说出来的……死亡是一种幸福，是非常深邃的幸福……是在痛苦不堪的徘徊踟蹰后踏上归途，是严重错误的纠正，是从难以忍受的枷锁桎梏中得到解放。"

有生便有死，死并不可怕，可怕的是不敢面对，而是自己恐吓自己，自己折磨自己，意志消沉。笑对人生，笑对死亡，这才是我们珍惜生命的重要法则。

庄子的妻子去世了，好友惠子去吊丧，却看到庄子两腿张开，蹲在地上，正敲着盆子唱歌，惠子很惊讶。惠子愤愤地说："夫人和你结为伴侣，生儿育女，身老而死，你不哭，也就罢了，怎么能敲着盆子唱歌，是不是太过分了？"庄子微笑："不对。她刚死的时候，我怎么能够不难过！可是探究她的开始，本来没有生命；不仅没有生命，而且没有形体；不仅没有形体，而且没有气。混杂在恍恍惚惚之中，变化而产生了气，气变化成了形体，形体变化有了生命。现在又因变化而死亡，这些就好像是春夏秋冬一年四季在运行。夫人已安静地到天地之间休息，我却嗷嗷地哭，我认为这样是太不懂得命运，所以忍住了哀痛。”惠子若有所悟。

生命从起点到终点，就是一次自然的过程。没有死的悲伤就没有生的喜悦，洞悉了生与死的本质，就不会为终究要死去而坐立不安，只会为生存的每一天而喝彩、叫好。

生活就像一个山坡。眼望着坡顶往上爬，心里会觉得很高兴，但登上峰顶，马上就会发现，下坡路就在眼前，路走完了，死亡也就来了。上坡很慢，但下坡却很快。或许生命的时间是短暂的，但是，只要我们认认真真过好每一天，我们就没有什么好抱怨的，珍惜每一寸光阴，不要去担心死亡，凡事平常心待之，我们就能生活得更加充实而快乐。

第七章

向暖而生，把生活过成诗

成功要耐得住寂寞

成就大业者，都是能耐得住寂寞的，古今中外，概莫能外。门捷列夫的化学元素周期表的诞生，居里夫人发现镭元素，陈景润在哥德巴赫猜想中摘取桂冠等，都是他们在寂寞、单调中，扎扎实实做学问，在反反复复冷静思索和无数次实践中获得的成就。

成就事业要能忍受孤独，平心静气，这样才能深入“人迹罕至”的境地，汲取智慧的甜美果实，如果过于浮躁，急功近利，就可能适得其反，劳而无功。

小威和孙博同时被一家汽车销售店聘为销售员，同为新人，两人的表现却大相径庭：小威每天都跟在销售前辈身后，留心记下别人的销售技巧，学习如何销售更多的汽车，积极向顾客介绍各种车型，没有顾客的时候就坐在一边研究默记不同车款的配置；孙博则把心思放在了如何讨好领导上，掐算好时间，每当领导进门时，他都会装模作样地拿起刷子为车做清洁。

一年过去了，小威潜心业务，终于得到回报，不仅在新人中销售业绩遥遥领先，在整个公司的业务中也名列前茅，得到了老板的特别关注，并在年底顺利被提升为销售顾问。孙博却因为没有把公关特长用在工作上,出不了业绩,甚至好几个月业绩不达标濒临淘汰，部门领导也因此冷落了他。孙博在公司的地位岌岌可危，不久便被迫离职了。

其实，做人生的“演员”很累，而且很容易被揭穿。因此，我们与其把大部分时间放在表演上，还不如真真正正做点事情。这样我们在为公司创造业绩的同时，自己的能力与价值也得到了提升，今后要想谋求大的发展也就相对容易了。

庄子说：“虚静恬淡，寂寞无为者，天地之平，而道德之至也。”持重守静乃是抑制轻率躁动的根本。浮躁太甚，会扰乱我们的心境，蒙蔽我们的理智。浮躁是为人之忌。要想成就一番功业，就该戒骄戒躁，脚踏实地，扎扎实实地积累与突破，这样才能在人生路上走得稳，并且走得远。

因此，在人生的道路上，即使我们的希望一个个落空了，我们也要坚定，要沉着，要知道成功永远属于那些耐得住寂寞的人。

修为内在，成就外在

在北京大学的圈子里，谁都知道季羡林是“国宝”级的大师，但他毫无架子，对下属、对助手、对学生关怀备至，博大无私。正因如此，季先生赢得了校内外乃至全国广大师生的崇敬。

在北大新生入学的时候，一位学生因为身边的行李太多不好随身携带，因此把行李托付给一位老人。这位学生自己跑去新生报到处了，但是由于学生众多，等他把一切手续都办好后，他才发现已经过了很久，但是当他回来的时候那位老人一直在，他感动地向老人道谢，却忘记询问老人是谁。

新生开学后不久要举行开学典礼，让这位新生惊讶的是，走上来致辞的副校长不就是那天帮自己看东西的老人吗？至此，他才明白原来那是季老。

学问深处意气平。一个人的成就是他才能的外显。内在有修为，才能够外在有成就。平易随和才是真正的大家风范。

《格言联璧》中有一句话，叫“意粗性躁，一事无成；心平气和，千祥骈集”。心浮气躁事必难成，现实生活中，尤其是一些年轻人，渴望成就，却吝于成长，渴望卓越，却不能甘于平凡。他们不知道机遇来自于自我提升，作为来自内在修为，一进公司就想要好的岗位和机遇，却认识不到自我差距。等到职业的“新鲜期”一过，就陷入浮躁的情绪中，轻则消极怠工，重则跳槽走人，这实在是很可惜的事情。

联想集团培养人才有一个方法叫作“缝鞋垫”与“做西服”。柳传志认为，培养一个战略型人才和培养一个优秀的裁缝是一样的道理，一开始不能给他一块上等毛料去做西服，而是应让他从缝鞋垫做起。不能操之过急，要一个台阶一个台阶爬上去，最后才能做出好的西服。

杨元庆于1988年中国科技大学研究生毕业后来到联想，从推销员干起，两年后做了一个不很重要的业务部经理，之后才调到最重要的微机事业部做总经理。在微机事业部他带领一群人拼搏，使联想电脑市场份额在两年间获得了大的飞跃，1996年更是在中国电脑市场上一马当先，令许多同行业厂家刮目相看。

郭为1988年研究生毕业后进入联想集团，是联想集团第一位有MBA学位的员工。他先后干过总裁秘书，公关部经理。一年后成为集团办公室的主任经理。在以后的5年里，他做过业务部门的经理、企划部的总经理，负责过财务部门的工作，后担任神州数码的领导。

1994年郭为被派到广东惠州联想集团新建的生产基地，担起创业的重任，之后又被派往香港联想负责投资事务。1997年3月他又负责联想科技公司的成立工作，之后成功地完成了公司代理业务的整合。岗位变动频繁，每一次都是不同类型的业务。这期间他也有过失误，也曾在全体员工大会上做过检查，可以说经受过了“无情”的捶打与磨炼，到了今天，他已经是神州数码的董事局主席。

与1979年后诞生的一些新型企业相比，联想这种稳扎稳打、步步为营的人才培养的做法与耐心是少见的。今天联想能够有那么多位年轻的总经理领军作战，这种令人振奋的局面，从根本上与20世纪80年代末就开始的人才策略是分不开的。

只有在当前的工作中不断地磨砺和完善自己，才能够在日后担当大任。《礼记·大学》中，有“止于至善”的说法，做工作和追求学问是一样的，都要有“止于至善”的精神，不断磨砺自己，精益求精，自满只会让自己故步自封。

有一次，孔子带领众弟子去参观鲁桓公的庙宇，发现了一种叫作“溢满”的容器，这种圆形容器倾斜而不易放平。孔子不解地问守庙人，守庙人说：“这是君王放置在座位右边的一种器具。当它空着的时候就会倾斜，装入一半水时就正立着，灌满了就翻倒过来。”

于是孔子就回头叫一个弟子往容器内灌水，果然是在水灌满的时候容器就翻倒过来了。孔子感慨地说：“不错！哪有满而不翻的道理呢！”针对这种现象，孔子又趁机向弟子们讲述了一番做人的道理，即做人一定要谦虚，不能骄傲自满，要像大地一样低调沉稳，承载万物；像大海一样虚怀若谷，容纳百川。

当一个人觉得自己不需要提高的时候，就好像被灌满的容器一样，马上就要倾倒了，自满是一个人成长路上最大的阻碍。

我们应当做的就是保持一颗谦虚的心，唤醒自己内心深处对学习的渴望，在工作中不断提升自我，用持续的成长，带给自己持续的成功。同时，在生活中，保持一颗谦虚淡然的心，唤醒自己内心深处的宁静，在生活中不断提升自我。

功夫到了自然成

关于浮躁，明代边贡在《赠尚子》一诗里有过这样的描述：“少年学书复学剑，老大蹉跎双鬓白。”是讲有的年轻人刚要坐下学习书本知识，又要去学习击剑，如此浮躁，时光匆匆溜掉，到头来只落得个白发苍苍，两手空空。

现代生活中也不乏这样的人，他们看到一部文学作品在社会上引起强烈反响，就想学习文学创作；看到电脑专业在科研中应用广泛，就想学习电脑技术；看到外语在对外交往中起重要作用，又想学习外语……由于他们对学习的长期性、艰巨性缺乏应有的认识和思想准备，只想“速成”，一旦遇到困难，便失去信心，打退堂鼓，最后哪一种技能也没学成。

一个屡屡失意的年轻人觉得在工作单位很没面子，单位领导并没有给他重要的岗位去锻炼，也没有提拔他的迹象……于是他决定外出寻求指点。他千里迢迢来到普济寺，慕名寻到老僧释圆，沮丧地对他说：“人生总不如意，活着也是苟且，有什么意思呢？”

释圆静静地听着年轻人的叹息和絮叨，末了才吩咐小和尚说：“施主远道而来，烧一壶温水送过来。”

不一会儿，小和尚送来了一壶温水。释圆抓了茶叶放进杯子，然后用温水沏了，放在茶几上，微笑着请年轻人喝茶。杯子冒出微微的水汽，茶叶静静浮着。年轻人不解地询问：“宝刹怎么用温水沏茶？”

释圆笑而不语。年轻人喝一口细品，不由得摇摇头：“一点茶香都没有呢。”

释圆说：“这可是闽地名茶铁观音啊。”

年轻人又端起杯子品尝，然后肯定地说：“真的没有一丝茶香。”

释圆又吩咐小和尚：“再去烧一壶沸水送过来。”

又过了一会儿，小和尚便提着一壶冒着浓浓白汽的沸水进来。释圆起身，又取过一个杯子，放茶叶，倒沸水，再放在茶几上。年轻人俯首看去，茶叶在杯子里上下沉浮，丝丝清香不绝如缕，望而生津。年轻人欲端杯，释圆作势挡开，又提起水壶注入一线沸水。茶叶翻腾得更厉害了，一缕更醇厚更醉人的茶香袅袅升腾，在大禅房弥漫开来。释圆这样注了五次水，杯子终于满了，那绿绿的一杯茶水，端在手上清香扑鼻，入口沁人心脾。

释圆笑着问："施主可知道，同是铁观音，为什么茶味迥异吗？"

年轻人思忖着说："一杯用温水，一杯用沸水，冲沏的水不同。"

释圆点头："用水不同，则茶叶的沉浮就不一样。温水沏茶，茶叶轻浮水上，怎会散发清香？沸水沏茶，反复几次，茶叶沉沉浮浮，释放出四季的风韵：既有春的幽静、夏的炽热，又有秋的丰盈和冬的清冽。世间芸芸众生，也和沏茶是同一个道理，也就相当于沏茶的水温不够，想要沏出散发诱人香味的茶水不可能；你自己的能力不足，要想处处得力，事事顺心自然很难。要想摆脱失意，最有效的方法就是苦练内功，提高自己的能力。"

年轻人茅塞顿开，回去后刻苦学习，虚心向人求教，不久就受到了单位领导的重视。

"涓流积至沧溟水，拳石垒成泰华岑。"这一出自宋代陆九渊《鹅湖教授兄韵》的诗句劝喻人们：涓涓细流汇聚起来，就能形成苍茫大海；拳头大的石头累积起来，就能形成泰山和华山那样的巍巍高山。只要我们勤勉努力，耐心积累，那么不论自身条件与客观条件如何，最终都能走上成才建业之路。

所以，生活中，如果我们想取得永恒的成功，就必须静下心来，慢慢积淀，看清人生最根本的目的，一步一个脚印地走下去。只有这样，才能达到自己的目的，最终走上成功的道路。

沉住气才能成大器

爱尔玛 16 岁的时候，梦想在戏剧界成名，可是她的监护人——西亚叔叔却要她当一个售货员或者秘书。但叔叔知道爱尔玛非常固执，于是答应给她一次机会，去参加皇家戏剧学院的考试，考不上就必须服从他的安排。

考试的前几个星期，她给皇家剧院寄去一个棕色的信封，如果失败了，棕色的信封就会被退回来，如果通过了，就会给她寄来一个白色信封，告诉她下次考试的日期。

爱尔玛精心准备了一个小品，表演一个快乐的农家少女逗弄一个农村小伙子。她比他还大胆，她跳过小溪向他走去，手叉着腰，朝着他哈哈大笑。

考试那天，爱尔玛跑两步往空中一跳就到了舞台的正中，欢乐地大笑，紧跟着说出了第一句台词。这时，爱尔玛很快地瞥了评判员一眼，使她惊奇的是评判员正在聊天，他们大声谈论着，并且比划着。爱尔玛见此情景，非常绝望，连台词也忘掉了。她听到评判团主席说：“停止吧！谢谢你……小姐，下一个，下一个请开始。”

爱尔玛仅在舞台上待了 30 秒钟就下台了，她什么人也看不见，什么也听不见，她只知道她能做的只有一件事：投河自杀，因为评委的态度让她明白了自己的最终结果。

她来到河边，看着河面，水是暗黑色的，泛着油光，肮脏得很。她想，等她死了别人把她拖出来的时候，身上会沾满脏东西，还得吞下那些脏水。“唔！这不行。”她把自杀的念头打消了。

第二天，有人告诉她到办公室去取白信封。

白信封？！她有了白信封？！她真的拿到了白信封。她考中了。若干年以后，爱尔玛碰到了那个评判员，便问他：“请告诉我，为什么在初试时你们对我那么不好？就因为你们那么不喜欢我，我曾经去自杀过。”

那评判员瞪大眼睛望着她：“不喜欢你？亲爱的姑娘，你真是疯了！就在你从舞台侧翼跳出来，来到舞台上的那一瞬间，而且站在那儿向着我们笑，我们就转身彼此互相说着：‘好了，她被选中了，看看她是多么自信！看看她的台风！我们不需要再浪费一秒钟了，还有十几个人要测试呢！叫下一个吧。’”

爱尔玛差点被一时的冲动毁了自己的前程。

有时候成功离我们真的很近，但是由于你不沉着，不够稳定，而让成功与你擦肩而过。所以我们一定要把握好身边的每一个机会，沉住气。相信自己，坚持行动，你就能成功。

的确，如果你不沉住气，那么本来能办得到的事，结果也许办不成；而相反，本来没有指望的事，如果你沉住气去冷静思考和分析，那么事情就有可能办成。可见，人的心态是影响其成功的重要因素，有时候，事情的难易并非如人所料，不要被表面的现象吓倒，只要再耐心一下，沉住气，就会有意外的收获。

而日常生活中，有多少人能真正做到沉着冷静，沉得住气呢？常常见到一些沉不住气的人，在头脑发热的情况下就盲目行事，最后造成憾事。

美国男子网球运动员麦肯罗，身体素质好，球技精湛。他在比赛中奔跑迅速，步伐敏捷；重扣轻吊，变幻莫测，直线球、大角球更是鬼神难料。凭着他超人的体质、卓越的球艺，在历次比赛中，无论是在顺境中还是在逆境中，他都能成功地控制局势，赢得胜利，多次登上冠军的宝座。然而遗憾的是，麦肯罗球风恶劣，缺少起码的运动品质。

麦肯罗在一次英国女皇俱乐部举行的伦敦草地网球比赛中，过五关斩六将，战胜了所有的对手，第三次蝉联了这项比赛的冠军。但是，就是在这次比赛中，他却多次表现出极端恶劣的球风。他不服从裁判员的判决，蛮横地质问女裁判员克拉克："你为什么要破坏这次比赛？"当场外观众对他的这种不礼貌行为进行批评和指责时，他又把怒气转向观众，大骂道："笨蛋，住口！""一群猪猡！""你们跳到湖里去洗洗头脑吧！"最后，当他对一个边线球的裁判提出质疑时，十分野蛮地捡起地上的网球，狠狠地向女巡边员身上砸去。裁判员克拉克实在无法忍受这种极不文明的举动，向麦肯罗出示了"非运动员行为"的警告牌。比赛结束后，麦肯罗不但不认真检讨自己的过失，反而向大会提出荒唐无理的建议：不要女裁判员裁判男子比赛。

他的粗鲁无礼，遭到了人们激烈的反对，使他失去了众多的支持者。但麦肯罗的恶劣球风并未得到彻底改正，他终于受到严厉的惩罚。

1981 年 6 月 23 日，在伦敦温布尔登网球赛的第一轮比赛中，他又因一个球不服从裁判判决并且辱骂裁判，被大会组委会课以 1500 美元的罚款。并慎重警告他，如果今后再有类似事情发生。他将被罚款 10000 美元，甚至取消他的比赛资格。

在这次受罚和严重警告以后，麦肯罗才冷静下来，开始注意自己的球风，并且在实际比赛中有了很大改进。在之后的一场双打比赛中，裁判员错判了一个边线球，他没有吵闹，十分规矩地接受了这个错判，并以友好和认真的态度打完了这场比赛。事后，记者评述道："在这场比赛中，麦肯罗的行为是无懈可击的。"

但是"江山易改，本性难移"，不久，麦肯罗又旧病复发，经常在球场上因为控制不住情绪，沉不住气而辱骂裁判，丢拍子，因而得到了一个"坏孩子"的称号。

期望得到外界的认同，这一点本无可厚非，但在遭遇不公、挫折的时候，必须要学会理智，学会冷静，沉得住气，否则会使自己后悔莫及。

生活中，只有冷静沉着，沉得住气，才能理性地思考解决之道，这才是真正的智者所为。

过滤浮躁，留守安宁

约翰是一家大型航空公司的经理。一次偶然的邂逅让他学会了一种"坐在阳光下"的艺术，这让他第一次能够在忙碌的生活中找回宁静的心境。下面是他对这段宝贵体验的回顾：

在一个二月的早晨，我正匆匆忙忙走在加州一家旅馆的长廊上，手上抱着刚从公司总部转来的信件。我是来加州度寒假的，但是仍无法逃脱我的工作，还是得一早处理信件。当我快步走过去，准备花两个小时来处理我的信件时，一位久违的朋友坐在摇椅上，帽子盖住他部分眼睛，把我从匆忙中叫住，用他缓慢而愉悦的南方腔说道：“你要赶到哪儿去啊，约翰？在我们这样美好的阳光下，那样赶来赶去是不行的。过来这里，好好‘嵌’在摇椅里，和我一起练习一项最伟大的艺术。”

这话听得我一头雾水，问道：“和你一起练习一项最伟大的艺术？”

“对，”他答道，“一项逐渐没落的艺术。现在已经很少人知道怎么做了。”

“噢，”我问道，“请你告诉我那是什么。我没有看到你在练习什么艺术啊！”

“我有，”他说道，“我正在练习‘只是坐在阳光下’的艺术。坐在这里，让阳光洒在你的脸上。感觉很温暖，闻起来很舒服。你会觉得内心很平静。你曾经想过太阳吗？”

“太阳从来不会匆匆忙忙，不会太兴奋，它只是缓慢地恪尽职守，也不会发出嘈杂声——不按任何钮，不接任何电话，不摇任何铃，只是一直洒下阳光，而太阳在一刹那间所做的工作比你加上我一辈子所做的事还要多。想想看它做了什么。它使花儿开，使大树长，使地球暖，使果蔬旺，使五谷熟；它还蒸发了水，然后再让它回到地球上来，它还使你觉得有‘平静感’。

“我发现当我坐在阳光下，让太阳在我身上作用时，它洒在我身上的光线给了我能量。这是我花时间坐在阳光下的赏赐。

“所以请你把那些信件都丢到角落去，”他说道，“跟我一起坐到这里来。”

我照做了。当我后来回到房间去处理那些信件时，我几乎一下子就完成了工作。这使得我还留有大部分的时间来做度假的活动，也可以常“坐在阳光下”放松自己。

心静可以沉淀出生活中许多纷杂的浮躁，过滤出浅薄、粗率等人性的杂质，可以避免许多鲁莽、无聊、荒谬的事情发生，不轻易起心动念，如此才能达到“心静则万物莫不自得”的境界。

如今，越来越多的人开始学习追求内心的平静。冥想和静思已经成为一种时尚。他们通过各种沉思冥想训练自己，让注意力在宇宙间飘浮，不被焦虑所困。

生活中，有千千万万个像约翰一样忙于工作而无暇自顾的人。在这种时候，我们就应该考虑是否该独处一段时间了。我们可以找一个时间让自己静一静，把宁静从自己的心中重新找回来。每天花点时间进行静思，这种练习能使你的精神活动放慢，一旦你放慢内在混乱状态的活动速度，你的外在生活自然也就慢下来了。

少一分躁动，多一分平静

在我们身边，常常有这样的人，他们仅仅有一点见识，就总是喧哗不休，到处炫耀，这样的人一定会四处碰壁。等到他有了教训，才会想到慢慢地平静下来。因此，我们都应该学会克服内心的浮躁，让自己慢慢沉淀下来。从下面这个故事中或许我们能得到不少启发。

有一个人心情不佳，倒了一杯茶，又倒了一杯酒，一起放在桌上。看着桌上的茶和酒，他迟疑着不知要喝哪一杯才好。他心里想：心情不好的时候应该喝酒，因为喝了酒，一醉解千愁，正可沉沉睡去。但是随即又想：心情不好时应该喝茶，因为喝了茶，人清醒了，可以观照情绪的起伏，情绪一清明，烦恼自然就消散了。

正当他迟疑不决的时候，突然听到桌上的茶说话了："我是百草之王、万木之心，从前都是供奉帝王之家，出入五侯的宅院，当然要先喝我了。"

茶一说完，酒立刻笑了起来："真是可笑，从古到今，茶贱酒贵。帝王喝了酒，自称万岁；大臣喝了酒，就无所畏惧。连神仙都喜欢酒的供奉，茶怎么能比呢？当然是先喝我了！"

茶大笑，说："我是茗草，这是人人都知道的，有的白如玉，有的黄如金。天下的名僧大德也都知道，喝了我可以去昏沉。我向来是供养弥勒，奉献观音，千劫万劫以来，连诸佛都钦佩。酒呢？只能使家财败坏，又能使人淫乱，只要喝上三盏，就会罪孽深重。"

酒很不服气："茶是平民之物，三文钱就能喝饱，好酒却是贵人公卿所仰慕的。茶呢？不能喝了茶而高歌，也不能喝了茶而跳舞，你不见古来的诗人才子，渴了喝一杯酒，能养命祛病；多喝几杯，能吟诗作词。酒不只是消愁的药，也是养贤的药，更是激发灵感的药，所有的诗歌、音乐、艺术，都源自酒，如果光喝茶水，谁敢动管弦呢？"

茶听了有些生气："你说喝酒可以养贤，喝茶却会生病，但是我却只听说喝了酒才会中毒和生病，却从来没听过喝了茶得了茶疯茶癫的。从前，刘伶一醉三年，就像死了一样。喝酒的人杀盗淫妄，在法院的状子里，处处都写着酒醉乱性的事，却从来没有一张写着醉茶闹事呀！所以，好酒的人如果改喝茶，就不会惹是生非，就会一生平安顺利！”

茶与酒就这样你一言，我一语，吵得不可开交，正在难分难解的时候，突然有一个清脆的声音说话了，说话的原来是水：“你们两个不用在这里争功了，也不用在这里互相毁谤了。人生四大，地水火风，水是最重要的。茶得不到水，是什么样子？酒如果没有水，又是什么样子？米面干吃，损了肠胃；茶叶干吃，划破喉咙。所以，我才是万物之主、五谷之宗。江河淮济，有我才会通；我也能飘荡天地，也能涸杀鱼龙；更不用说作为茶与酒的祖宗！从今以后，你们两个都不用争功！”

这个小故事的寓意是深刻的。我们在生活中常遇到这样的人，他们学识不高，修养不够，却总是目空一切，到处炫耀自己那点可怜的学识。这样的人是浅薄的，他们不知道人外有人、天外有天的道理。

我们应该受到这样的启示：美好的生活应该是时时拥有一颗轻松自在的心，不管外在世界如何变化，自己都能有一片清净的天地。清净不在热闹繁华中，不在和别人的一争高低中，更不在一颗所求太多的心中。少一分躁动，多一分平静，心里自然清净无忧，而这样的生活，该是多么美丽与幸福。

务实铺就成功之路

生活中，有的人刚步入职场，就梦想明天当上总经理；刚创业，就期待自己能像比尔·盖茨一样成为巨富。要他们从基层做起，他们会觉得丢面子，甚至认为这简直是大材小用。尽管他们有远大的理想，但缺乏专业的知识和丰富的经验，浮躁的心态一览无余。

实现梦想，成就事业必须要有务实的作风，带着浮躁的情绪做事，只会一塌糊涂，你的人生也会受到影响，因此，每个人要想实现自己的梦想，就必须调整好自己的心态，从一点一滴的小事做起，摈弃浮躁心态，在最基础的工作中，不断地提高自己的能力，为自己日后的发展积累雄厚的实力。

有一位老教授在谈到他的经历时说：

“在我多年来的教学实践中，发现有许多在校时资质平凡的学生，他们的成绩大多在中等或中等偏下，没有特殊的天分，有的只是安分务实的性格。这些孩子走上社会参加工作，不爱出风头，默默地奉献。他们平凡无奇，毕业后，老师同学都不太记得他们的名字和长相。但毕业几年、十几年后，他们却带着成功的事业回来看老师，而那些原本看起来会有美好前程的孩子，却一事无成。这是怎么回事？

“我常与同事一起琢磨，认为成功与在校成绩并没有什么必然的联系，但与务实的性格密切相关。平凡的人比较务实，比较能自律，情绪上也不浮躁，所以有许多机会落在这种人身上，成功之门自然会向他大方地敞开。”

一个务实的人，不会浮躁，不会设定高不可攀、不切实际的目标，也不会凭借侥幸心理去瞎碰，而是认认真真地走好每一步，踏踏实实地用好每一分钟，在平凡中孕育和成就梦想。

英特尔中国软件实验室总经理王文汉先生说，在英特尔公司里，考虑员工晋升时，从来不把学历当作一个重要因素。学历最多只是起到敲门砖的作用，在进入企业之后，员工个人的发展就完全取决于自己的努力。有的硕士生可能不够务实，那么他的工资待遇就会降下来，而一些本科生经过自己的努力，取得了优异的成绩，那么他就会更快地得到晋升。

王文汉先生还举了下面这个凭借务实的努力，在英特尔实现成功的例子：

英特尔中国软件实验室里有一位软件工程师，甚至连大学学历都没有，当初这位工程师就是凭借自己设计的一些软件程序进入英特尔的。最初，他只是被作为一名普通的程序员录用的，但是王文汉不久后就发现，这位程序员并不普通，他不仅可以高效率、高质量地完成相关的程序设计工作，而且主动学习高科技软件的研发知识，甚至他还利用休息时间参加了英特尔内部及各大院校举办的软件开发课堂。一年后，当英特尔中国软件实验室需要引进高水平的软件工程师时，这位程序员因为业绩突出、技术水平先进而成为选拔对象，而很多比他先进入公司的、拥有更高学历的程序员还停留在原地。

成功所需要的一切因素都需要靠务实努力来获取：大量有用的知识要靠扎扎实实地学习来获得，克服困难的力量要靠一点一滴的艰苦努力来积淀，同事的协作和上司的支持要靠诚信的品质和实实在在的能力来赢取，转瞬即逝的机遇要靠脚踏实地的艰苦付出来把握。

成功的道路是靠一步一个脚印走出来的，从来没有一蹴而就的成功。如果没有求真务实的奋斗，没有踏踏实实的努力，即使拥有再多的知识，获得他人再多的帮助，遇到再良好的机会，都不会实现最终的成功。

第八章

不要让未来的你，讨厌现在的自己

人生就要上山顶

“在人生的道路上，所有的人并不站在同一个场所——有的在山前，有的在海边，有的在平原，但是没有一个人能够站着不动，所有的人都得朝前走。”这是泰戈尔的名言。我们每个人都有自己的位置，也许低，也许高，并不是所有的人都能有机会站在人生的最高顶点，但是“所有的人都得朝前走”，即不论是谁都要努力进取。不断进取才有成功的机会，而安于现状，被安逸生活吞噬进取心的人，则永远没有体验人生风景的机会。

有一天，沼泽向在自己身边奔流而过的河流问道：“你整天川流不息，一定累得要命吧？你一会儿背着沉重的大船，一会儿负着长长的水筏，在我眼前奔流而过。小船小划子更不用说了，它们多得没有个穷尽。你什么时候才能抛弃这种无聊的生活呢？像我这样安安逸逸地生活，你找得到吗？我是一个幸福的闲人，舒舒服服，悠悠闲闲地荡漾在柔和的泥岸之间，好比高贵的太太们窝在沙发的靠枕里一样。大船小船也罢，漂来的木头也罢，我这儿可没有这些无谓的纷扰，甚至小划子有多重我都不知道，至多偶尔有几片落叶漂浮在我的胸膛上，那是微风把它们送来和我一起休息的。一切风暴有树林挡住，一切烦恼我也沾染不上，我的命运是再好不过的了。周围的尘世不断地忙忙碌碌，我却躺在哲学的梦里养神休息。”

“哲学家，你既然懂得道理，可别忘了这条法则，”河流回答，“水只有流动才能保持新鲜，我成了伟大壮阔的河流就是因为我不躺在那儿做梦，而是按照这个法则川流不息。结果呢，我的源源不绝的水，又多又清的水，年复一年地给人们带来了幸福，因而赢得了光荣的名誉，或许我还要世世代代地川流不息下去。那时候，你的名字就不会有人知道了。”

多年以后，河流的话果然应验了，壮丽的河流仍旧川流不息，沼泽却一年浅似一年。沼泽的表面浮着一层黏液，芦苇生出来了，而且生长得很快，沼泽终于干涸了。

成功的人往往都是一些不那么“安分守己”的人，他们绝对不会因取得一些小小的成绩而沾沾自喜，被眼前那点小成就阻碍继续前行的脚步。

一位雕塑家有一个 12 岁的儿子。儿子要爸爸给他做几件玩具，雕塑家只是慈祥地笑笑，说：“你自己不能动手试试吗？”

为了制作好自己的玩具，孩子开始注意父亲的工作，常常站在大台边观看父亲运用各种工具，然后模仿着运用于玩具制作。父亲也从来不向他讲解什么，放任自流。

一年后，孩子好像初步掌握了一些制作方法，玩具造得颇像个样子。这样，父亲偶尔会指点一二。但孩子脾气倔，从来不将父亲的话当回事，我行我素，自得其乐，父亲也不生气。

又一年，孩子的技艺显著提高，可以随心所欲地摆弄出各种人和动物形状。孩子常常将自己的“杰作”展示给别人看，引来诸多夸赞。但雕塑家总是淡淡地笑，并不在乎似的。忽然有一天，孩子存放在工作室的玩具全部不翼而飞，他十分惊疑！父亲说：“昨夜可能有小偷来过。”孩子没办法，只得重新制作。半年后，工作室再次被盗！又半年，工作室又失窃了。

孩子有些怀疑是父亲在捣鬼：为什么从不见父亲为失窃而吃惊、防范呢？偶然一天夜晚，儿子夜里没睡着，见工作室的灯亮着，便溜到窗边窥视：父亲背着手，在雕塑作品前踱步、观看。好一会儿，父亲仿佛做出某种决定，一转身，拾起斧子，将自己大部分作品打得稀巴烂！接着，将这些碎土块堆到一起，放上水重新混合成泥巴。孩子疑惑地站在窗外。这时，他又看见父亲走到他的那批小玩具前。只见父亲拿起每件玩具端详片刻，然后，父亲将儿子所有的自制玩具扔到泥堆里搅和起来！当父亲回头的时候，儿子已站在他身后，瞪着愤怒的眼睛。父亲有些羞愧，温和地抚摩儿子的脸蛋，吞吞吐吐道：“我，是，哦，是因为，只有砸烂较差的，我们才能创造更好的。”

十年之后，父亲和儿子的作品多次同获国内外大奖。

胡巴特说：“这个世界愿对一件事情赠予大奖，包括金钱和荣誉，那就是‘进取心’。”进取心是存在于我们体内的一种神秘又伟大的力量。有了进取心，就可像杨澜说的那样“什么都阻挡不了我，天空才是我的极限”。

在激烈竞争的时代，我们只有让自己迅速地成长，不断地学习，

不断地拼搏，知识面才会越广，得到的信息才越多，人生的视野也才越来越开阔，因而也才能攀上人生的巅峰。

“苦”药是补药

一个人想要有所成就，那就必须埋头苦干，勤劳苦作。如果不经过这些苦的过程，那是不可能成功的，从这个意义上来讲，吃苦就是吃补。

吃苦就如同农民种田，先耕耘，尔后才收获，这才是大自然的客观规律，虽然在耕耘的过程中人觉得很辛苦，但往往到收获的时候却是甘甜的。纵观古今中外，但凡名人伟人，其成就都是从血汗、委屈、辛苦、忍耐、受苦中点滴积累而成。伟大的人格无法在平庸中养成，只有历经熔炼和磨难，才会激发自己的梦想。这个时候的灵魂才会得到升华，人生才会走向成功。

有一个禅师虽然是寺中的首座，但他每天都要打水生火，炒菜煮饭。他除了做那些粗活外还要负责寺里僧众的衣食住行，即便如此他也毫无怨言，依然是每天忙得不亦乐乎。有一年，当地大旱，田中颗粒无收，所以施主的供养越来越少，再加上寺里米粮有限，因此，寺中的僧人们常常是吃了上顿没有下顿，众僧度日如年。

这一天，住持外出化缘去了，禅师就在厨房诵经念佛。不一会儿，禅师发现门外来了几个面黄肌瘦的师兄弟，他们涌进厨房向禅师齐声哀求道:“首座,您煮点面汤给大家吃吧! 我们都饿得走不动路了。”禅师听完二话没说，取出柜里储藏的面放进锅里，给大家做起香喷喷的油面汤来。

没想到香面刚刚做好，住持就从外面回来了，挤在斋堂的众僧听到住持的声音就跌跌撞撞逃散一空。住持回来后就直接走进厨房，看到锅里的面后，厉声质问禅师：“今日有施主设斋供养大众吗？”禅师熄灭了灶火，不敢看着住持，低头回答：“没有。”“那……这锅面是从哪里来的？”住持提高嗓门问道。禅师直了直腰，看着住持轻声说道:“弟子觉得大家近来都吃不好,面黄肌瘦,形如枯木。我怕大家吃不消,于是就把贮藏的应急油面拿来煮了,请师父原谅。”住持听完禅师的解释后，目光严峻，对其大声责备道：“你倒是好心，盗用寺中的东西来做人情。让你管钥匙你却监守自盗，来人啊！依清规打他三十大板，逐出寺门！”

禅师受完刑后默默地交出了钥匙，又想办法按原价偿还了寺中已用去的油面，接着就默默地离开了寺院。但禅师却没有直接下山，而是在寺院外的柴房边找了个角落栖息下来，就这样禅师每天依旧随大家一起上堂听住持讲法，而寺内的僧人众多，所以方丈也没有发现他的存在。很快禅师在这里度过了半个春秋。这天晚上住持路过柴房，无意间发现禅师住在这里，住持问：“你住在这里多久了？”“已有半年多了！”“你向寺中交付过房钱吗？”“没有。”“没有交钱你怎么敢住在这里！这是寺中房产，要住，就去缴钱！”禅师听完方丈的话后点点头，住持这才离去。

此后禅师就经常托钵走向市集，开始为人诵经、化缘，等到回来以后就用诵经的收入交付房钱。住持看到这一切,满意地点了点头。

等到禅师的佛法越来越高深的时候，住持仙游去了，他临走前放心地把自己的衣钵传给了禅师。

俗语说：“不吃苦，就不能做佛祖。”正因为故事中的禅师能坚持吃苦，才能通过住持的考验，成为一个得道的高僧。而自古的伟人圣贤，又有哪一个不是从苦难之中慢慢奋斗成功的？佛陀六年的苦行，达摩九年的面壁，苏秦的悬梁刺股，这都是为人们所津津乐道的。所以，苦是人生的增上缘，吃苦就是吃补。

奔跑人生，成功靠勤奋

一位哲人曾经说过：“世界上能登上金字塔顶的生物只有两种：一种是鹰，一种是蜗牛。不管是天资奇佳的鹰，还是资质平庸的蜗牛，能登上塔尖，极目四望，俯视万里，都离不开两个字——勤奋。”

对于一个人的发展与成长而言，天赋、环境、机遇、学识等外部因素固然重要，但更重要的是自身的勤奋。没有自身的勤奋，就算是天资奇佳的雄鹰也只能空振双翅；有了勤奋的精神，就算是行动迟缓的蜗牛也能雄踞塔顶，观千山暮雪，渺万里层云。成功不是单纯依靠能力和智慧，更要靠每个人自身孜孜不倦地勤奋工作。

鉴真法师刚入空门时，住持要他从最辛苦的行脚僧开始磨炼。

有一天，已经日上三竿了，鉴真仍未起床，住持觉得纳闷，便到鉴真的寝室里巡视。

住持推开房门，只见床边堆了一堆破破烂烂的草鞋，住持叫醒鉴真："今天你不外出化缘吗？床边堆的这些破草鞋是用来做什么的？"

鉴真打了个哈欠说："这些是别人一年都穿不破的草鞋，如今我剃度一年多，却穿破了这么多鞋，今天我想为庙里节省一些鞋。"

住持听了之后，笑了笑对鉴真说："昨夜外头下了一场雨，你快起来，陪我到寺前走走吧！"

昨夜的一场雨，使寺前的黄土坡变得泥泞不堪。

忽然，住持拍了拍鉴真的肩膀说："你是要当个只会撞钟的和尚，还是想成为能发扬佛法普度众生的名僧？"

鉴真说："当然是发扬佛法的名僧啊！"

住持捻须一笑，接着说："你昨天有没有走过这条路？"

鉴真说："当然有！"

住持又问："那么你现在找得到自己的脚印吗？"

鉴真不解地说："昨天这里原本是平坦、坚硬的道路，今天变得如此泥泞，小僧如何能找到自己的脚印？"

住持接着又笑了笑，说道："那我们今天在这条路上走一回，你能找到你的脚印吗？"

鉴真自信地说："当然能了！"

住持微笑着说："是的，只有泥泞路才能留下足印啊！只要经过艰苦的跋涉，终有一天会留下痕迹的，一如此刻，我们行走在这片泥地上，不管走多远，足印都会深深地留在泥地里，印证我们的存在。"

勤奋的人，每一步迈出去都会留下深深的脚印，一个挨着一个，通向成功的终点。

不要只羡慕鲜花的芬芳，没有泥土的滋养，它们也没有绽放的机会，所有成功的背后都必定有辛勤的耕耘，一分耕耘，总有一分收获，泥泞的道路上布满勤奋的脚印，路的那一端才真正通向成功。

在危机感中成长

危机感是一种强大的力量，它可以时刻提醒我们周围危机四伏，警醒我们不要安于现状，并鞭笞我们采取行动，发愤自强。危机感可以激发我们不甘落后的斗志和进取精神，所以说，危机感是个人成长的信号。

有一群熊，欢乐地生活在一片树林茂密、食物充足的森林里，他们在这里繁衍子孙，同其他动物友好相处。后来有一天，地球上发生了巨大变化，这片森林被雷电焚烧，各种动物四散奔逃，熊的生命也受到威胁。其中有一部分熊提议说："我们北上吧，在那里我们没有天敌，可以使我们发展得更强大。"另一部分则反对："那里太冷了，如果到了那里，只怕我们大家都要被冻死、饿死。还不如去找一个温暖的地方好好生存，可供我们吃的食物也更多，我们也更容易生存下来。"争论了半天，谁也说服不了谁，结果，一部分熊去了北极边缘生活，另一部分则去了一个四季温暖、草木繁茂的盆地居住下来。

到了北极边缘的熊，由于气候寒冷，他们逐渐学会了在冰冷的海水中游泳，还学会了潜入水下，到海水中捕食鱼虾，甚至敢与比自己体积还大的海豹搏斗……长期下来，他们的身体比以前更大更重，更凶猛。这就是我们现在看到的北极熊。

另一部分熊到了盆地之后才发现：这里的食肉动物太多了，自己身体笨重，根本无法和别的食肉动物竞争，便决定不吃肉了，改为吃草。没想到这里的食草动物更多，竞争更激烈。草也吃不成了，只好改吃别的动物都不吃的东西——竹子，这才得以生存下来。渐渐地，他们把竹子作为自己唯一的食物来源。由于没有其他动物和他们争抢食物，他们变得好吃懒做，体态臃肿不堪，就演化成了我们现在看到的大熊猫。但后来竹林越来越少，大熊猫的数量也越来越少，几乎濒临灭绝，只能被关在动物园里，靠人类的帮助才能生存。

熊的遭遇如此，每个人的成长和发展又何尝不是这样呢？如果我们没有危机感，自己不主动去争取进步，迟早也会和大熊猫的遭遇一样，被别人排挤，甚至被别人吃掉。

一个人应当让自己跟得上时代前进的步伐，学会和自己比赛，每天都要淘汰掉那个已经落后的自己。如果你不主动去淘汰自己、超越自己，那么你必将被别人超越和淘汰。

N 先生在某中外合资企业做了三年的网络通信设备销售经理。三年来一直忙于日常事务，在一片“干杯”声中度过了三年，除了酒量以外，他的其他才能并没有什么明显的增长。可是就在这三年中，他的下属跟随他鞍前马后慢慢地积累了一些经验，羽翼也渐渐地丰满了，而且销售业绩惊人，连续在公司的绩效考评中名列第一，在“业绩才是硬道理”的今天，迅速地淘汰掉了他这位上司。

所以，在竞争激烈、危机四伏的当今社会，不是自己淘汰自己，就是被别人淘汰。我们只有主动出击，抓住一切机会提高自己，才能够像上文故事中的“北极熊”那样逐渐强大，否则，只能像熊猫那样失掉竞争和生存的能力，留给自己的只有岁月的蹉跎和时光的惋惜。

未来是不可预测的，而人也不是天天走好运的，就是因为这样，我们才要有危机感，在心理上及行动上有所准备，应付突如其来的变化，也才能在危机感中获得成长。

一分耕耘，一分收获

人带着一种与生俱来的惰性：如果一味放任，就会贪图安逸，不思进取，躲避挫折和困难。无论是在现代和平富裕时代的青年人，还是曾经经历战争年代的中老年人，无一例外。

拼命工作能给人带来意想不到的快乐和满足，即使是能理解到这个高度的人，也难以摆脱好逸恶劳的本性，不时会在脑海中产生“工作真让人烦恼”“要是能不工作就好了”这样的念头。

有这样一个民间故事：

从前有一对勤劳的夫妻，他们一天到晚地工作着。就这样过了几年，他们渐渐富裕起来。但是这对夫妻对唯一的儿子从小就溺爱，不让他干活，对他百依百顺。然而父母无微不至的关心却使儿子只贪图眼前的安逸而好吃懒做。时间一长，这对夫妻年老了，他们操劳了大半生的时间，积攒了一笔不小的财富。等老两口去世后，这个儿子和他的妻子只知道吃喝玩乐，不思进取。他们不停地挥霍，着实快活了好一阵子。但是坐吃山空，这段神仙般的日子眼看就要结束了。终于，在腊月初八这天，他俩穷得只剩下一碗粥。

案例中这对懒夫妻的下场其实就是对只图安逸者的最后结局的写照。俗话说得好："一分耕耘，一分收获。"不去劳动工作，只会坐享其成，在现实的生活中是不可能得以实现的。

近几年，公务员考试在中国遭遇了前所未有的火爆，由于经济危机，公务员的位置普遍看好，原因是：安逸、稳定而且有一定的上升空间。

安逸稳定的生活固然是被世俗所追捧的生活。但问题是，一个社会中人所追求的不是理想和作为，而是所谓的安逸稳定的生活，那么这样的社会追求不得不说是让人沮丧的。尤其是那些初出茅庐的应届毕业生们，原本是朝气蓬勃，有独自闯荡的时间、精力和资本的社会新生代们，也把安逸、稳定作为人生的奋斗终点，更是一件让人失望的事情。

安逸和稳定只能给人带来懒惰的思想，而不能给予真正的动力和生活乐趣。假设幸运之神眷顾你，让你中了头彩，头彩的奖金足够你玩乐一世，这种喜悦可能会使人快乐一时，但长期无所事事的烦闷会缠绕一世。日复一日，将寻找不到生活的快乐和意义。

距今 40 年以前，京瓷公司的若干年辛苦努力得到了社会认可，首次在股票市场上市。稻盛和夫心中无限感慨，自己赤手空拳创建的公司跻身一流企业的行列。

当时有人说他终于可以好好玩乐，过轻松安逸的生活了，因为资产有了，不需要那么拼命努力了。而且的确有些风险企业的经营者们，通过股票上市，获得了大笔财富，尽管他们中的很多人还很年轻，就已经开始考虑退休去过自己安乐生活。

京瓷公司上市时，稻盛没有抛售他持有的原始股。而发行新股所获得的可观利润归公司所有。当时的稻盛只有30多岁，他思考的是趁上市的机会更加努力地工作。稻盛激励员工同心协力加油工作，也在自己心中重新下定决心。

上市以后，稻盛为员工及其家属谋福利，为普通投资者的幸福做事。他认为公司上市不代表着玩乐享受，而是意味着肩负起更重大的责任。因为在他的心中：上市是新的起点，而不是终点。

稻盛先生认为，劳动是获得心中快乐的种子。每天认真工作必定会得到巨大的回报：这会让你享受到人生的快乐，体会到时间的宝贵。快乐和欢喜总是隐藏在拼命工作的背后，正如曙光的颜色从漫漫长夜的尽头露出微笑，这正是劳动人生的美好。

在人类的心灵中，有着一架分毫不差的天平，它是劳动者的不二法门，只有付出了辛勤和汗水，才配得到它们的洗礼。而贪图安逸只会使天平倾斜，使人生的幸福和成功失重。

给自己一个悬崖

给自己一个悬崖，你才能有被逼到绝境时的感受，从而迸发出你生命的潜能，一扫过去的慵懒，走向成功。一个人若想从中脱颖而出，就得时时给自己一些压力，让自己去接受挑战，不断突破自我，发挥潜能，走向卓越。下面这个故事能很好地向我们阐释这个道理：

有一个老人，在山里打柴时拾到一只很小的、样子怪怪的鸟。那只怪鸟和出生刚满月的小鸡一样大小，也许因为它实在太小了，又不会飞，老人就把这只怪鸟带回家给小孙子玩耍。老人的孙子很调皮，他将怪鸟放在小鸡群里，充当母鸡的孩子，让母鸡养育。母鸡没有发现这个异类，全权负起一个母亲的责任。怪鸟一天天长大了，后来，人们发现那只怪鸟竟是一只鹰，人们担心这只鹰再长大一些会吃鸡。为了保护鸡，人们一致强烈要求：要么杀了那只鹰，要么将它放生，让它永远也别回来。

因为和这只鹰相处的时间长了，有了感情，这一家人自然舍不得杀它，他们决定将它放生，让它回归大自然。然而，他们用了许多办法都无法让其重返大自然，他们把它带到很远的地方放生，过不了几天那只鹰又飞回来了，他们驱赶它，不让它进家门，他们甚至将它打得遍体鳞伤……最后，他们终于明白：原来鹰是眷恋它从小长大的家园，舍不得那个温暖舒适的窝。

后来，村里的一位老人说："把鹰交给我吧，我会让它重返蓝天，永远不再回来。"老人将鹰带到附近一个最陡峭的悬崖旁，然后将鹰狠狠向悬崖下的深涧扔去。那只鹰开始也如石头般向下坠去，然而快要到涧底时，它终于展开双翅托住了身体，开始缓缓滑翔，然后轻轻拍了拍翅膀，飞向了蔚蓝的天空。它越飞越自由舒展，越飞动作越漂亮。它越飞越高，越飞越远，渐渐变成了一个小黑点，飞出了人们的视野，再也没有回来。

人在面对压力时会激发出巨大的潜能，而贪图安逸只会让自己沉沦，以致丧失了应有的能力。

人都是有惰性的，谁都贪恋暖暖的被窝，谁都想过安逸的生活，心理学研究发现，人只有在一定的压力下，才能最大限度地开发出自己的潜能。在逆境中的人能把压力变成动力，从而被激发出更大的潜能与斗志，为改变现状及抗争命运做出永不停歇的努力与拼搏。越是处于安逸状态下的人，越容易被一时的安逸与舒适所麻痹，逐渐丧失自我努力与进取的动力与信心。

给自己一片悬崖，毅然决然地斩断自己的退路，让自己置身于命运的悬崖绝壁之上，你就会发现你得到了一片天空。给自己一片没有退路的悬崖，从某种意义上说，是给自己一个向生命高地冲锋的机会。

小山真美子是一位年轻妈妈，身材矮小。一天，她在楼下晒衣服，忽然发现4岁的儿子从8楼的阳台上掉了下来。见此情景，她飞奔过去，赶在孩子落地之前将孩子接在了怀里，两人仅受了一点轻伤。

这条消息在《读卖新闻》发布后，引起了日本盛田俱乐部的一位法籍田径教练布雷默的兴趣。因为根据报纸上刊出的示意图，他算了一下，从20米外的地方接住从25.6米高处落下的物体，必须跑出约每秒9.65米的速度，而这是一个无人能及的短跑速度！

为此，布雷默专门找到小山真美子，问她那天是怎样跑得那么快的。“是对孩子的爱，”小山回答，“因为我不能看到他受到伤害！”小山的回答给了布雷默一个重要的启示：人的潜力其实是没有极限的，只要你拥有一个足够强烈的欲望。

布雷默回到法国后，专门成立了一家小山田径俱乐部，把小山的故事作为激励运动员突破自我极限的动力。结果他手下的一位名叫沃勒的运动员在世界田径锦标赛上获得了800米比赛的冠军。

当记者问他是怎样在强手如林的比赛中夺冠时，沃勒回答说："是小山真美子的故事。因为当我在跑道上飞跑时，我就想象我就是小山真美子，在飞奔去救我的孩子！"

小山真美子能创造短跑奇迹，靠的是她刹那间迸发出来的巨大潜力。沃勒在800米比赛夺魁，靠的是小山真美子救子故事的激励，从而引爆了体内的巨大潜能。

人生在世，会遭遇无数的"不可能"。若一味胆怯、退缩，你就永远无法战胜"不可能"。有些人之所以能成功，就是因为他们对"不可能"的事多了一股不肯低头的韧劲，就是因为他们把自己逼迫到了悬崖边上，没有给自己留一点点退路，而最终这恰恰又成了他们成功的通道。

每个人身上都隐藏着无穷无尽的潜能，在恰当的时机挖掘引爆，便能做出令自己都无法想象的事情来。人的潜力是无穷的，有了刺激，才会往前跑，向上跳。有了机会，才知道自己的实力有发挥的空间。潜能是一座取之不尽、用之不竭的宝藏，当我们感觉到"绝境"来临时，反而可以一跃千里，反戈一击。心中要时常有危机感，这样我们才会全力以赴地去学习，去奋斗。

幸福的门要自己推开

懒惰从某种意义上讲就是一种堕落，具有毁灭性，它就像一种精神腐蚀剂一样，慢慢地侵蚀着人。一旦背上了懒惰的包袱，生活将是为你掘下的坟墓。

产生惰性的原因就是试图逃避困难的事，图安逸，怕艰苦，积习成性。人一旦长期躲避艰辛的工作，就会形成习惯，而习惯就会发展成不良性格倾向。

城市附近有一个湖，湖面上总游着几只天鹅，许多人专程开车过去，就是为了欣赏天鹅的翩翩之姿。

“天鹅是候鸟，冬天应该向南迁徙才对，为什么这几只天鹅却终年定居，甚至从未见它们飞翔呢？”渐渐的，有人这样问湖边垂钓的老人。“那还不简单吗？只要我们不断地喂它们好吃的东西，等到它们长肥了，自然无法起飞，就不得不待下来。”

圣若望大学门口的停车场，每日总能看见成群的灰鸟在场上翱翔，只要发现人们丢弃的食物，就俯冲而下。它们有着窄窄的翅膀、长长的嘴、带蹼的脚。这种“灰鸟”原本是海鸥，只为城市的垃圾易得，而宁愿放弃属于自己的海洋，甘心做个清道夫。

湖上的天鹅，的确有着翩翩之姿，窗前的海鸥也实在翱翔得十分优美，但是每当看到高空列队飞过的鸿雁，看到海面乘风破浪的鸥鸟，就会为前者感到悲哀，为后者的命运担忧。

鸟因惰性而失去飞翔的能力，人也会因惰性而走向堕落。如果想战胜你的慵懒，勤劳是唯一的方法。对于我们来说，勤劳不仅是创造财富的根本手段，而且是防止被舒适软化、涣散精神活力的“防护堤”。

有位妇人名叫雅克妮，现在她已是美国好几家公司的老板，分公司遍布美国 27 个州，雇用的工人达 8 万多人。

雅克妮原本是一位极为懒惰的妇人，后来由于她的丈夫意外去世，家庭的全部负担都落在她一个人身上，还要抚养两个子女，在这样贫困的环境下，她被迫去工作赚钱。她每天把子女送去上学后，便利用余下的时间替别人料理家务，晚上，孩子们做功课时，她还要做一些杂务。这样，她懒惰的习性就被克服了。后来，她发现很多妇女都外出工作，无暇整理家务，于是灵机一动，花了 7 美元买清洁用品，为有需要的家庭整理琐碎家务。这一工作需要她付出很大的勤奋与辛苦。渐渐地，她把料理家务的工作变为一种技能，后来甚至大名鼎鼎的麦当劳快餐店居然也找她代劳。雅克妮就这样夜以继日地工作，终于使订单滚滚而来。

有些人终日游手好闲，无所事事，无论干什么都舍不得花力气，下工夫，但这种人的脑瓜子可不懒，他们总想不劳而获，总想占有别人的劳动成果。正如肥沃的稻田不生长稻子就必然长满茂盛的杂草一样，那些好逸恶劳者的脑子中就长满了各种各样的“思想杂草”。

懒惰是一种恶劣而卑鄙的精神重负。人一旦背上了懒惰这个包袱，就只会整天怨天尤人，精神沮丧，无所事事，这种人注定了不会受到别人的欢迎，只会成为别人眼中令人绝望的人。

在追逐成功，追逐美好生活的道路上，我们要卸下懒惰的外衣，努力进取，自己推开幸福的大门。

第九章

生活最迷人处，从来都不是如愿以偿

失去也可能是福音

花草的种子失去了在泥土中的安逸生活，却获得了在阳光下发芽微笑的机会；小鸟失去了几根美丽的羽毛，经过跌打，却获得了在蓝天下凌空展翅的机会。人生总在失去与获得之间徘徊。没有失去，也就无所谓获得。

人生就像一场旅行。在行程中，我们会用心去欣赏沿途的风景，同时也会接受各种各样的考验。在这个过程中，我们会失去许多，但是，我们同样也会收获很多。因为，失去所传递出来的并不一定都是灾难，也可能是福音。

有一位住在深山里的农民，经常感到环境艰险，难以生活，于是便四处寻找致富的好方法。一天，一位从外地来的商贩给他带来了一样好东西，尽管在阳光下看去那只是一粒粒不起眼的种子。但据商贩讲，这不是一般的种子，而是一种叫作“苹果”的水果的种子，只要将其种在土壤里，两年以后，就能长成一棵棵苹果树，结出数不清的果实，拿到集市上，可以卖好多钱呢！

欣喜之余，农民急忙将苹果种子小心收好，但脑海里随即涌现出一个问题：既然苹果这么值钱，这么好，会不会被别人偷走呢？于是，他特意选择了一块荒僻的山野来种植这种颇为珍贵的果树。

经过近两年的辛苦耕作，浇水施肥，小小的种子终于长成了一棵棵茁壮的果树，并且结出了累累硕果。

这位农民看在眼里，喜在心中。嗯！因为缺乏种子的缘故，果树的数量还比较少，但结出的果实也肯定可以让自己过上好一点儿的生活。

他特意选了一个吉祥的日子，准备在这一天摘下成熟的苹果，挑到集市上卖个好价钱。当这一天到来时，他非常高兴，一大早便上路了。当他气喘吁吁爬上山顶时，心里猛然一惊，那一片红灿灿的果实，竟然被外来的飞鸟和野兽们吃了个精光，只剩下满地的果核。

想到这几年的辛苦劳作和热切期望，他不禁伤心欲绝，大哭起来。他的财富梦就这样破灭了。在随后的岁月里，他的生活仍然艰苦，一天一天地熬日子。不知不觉之间，几年的光阴如流水一般逝去。

一天，他偶然来到了这片山野。当他爬上山顶后，突然愣住了，因为在他面前出现了一大片茂盛的苹果林，树上结满了累累硕果。

这会是谁种的呢？在疑惑不解中，他思索了好一会儿才找到了一个出乎意料的答案。这一大片苹果林都是他自己种的。

几年前，当那些飞鸟和野兽在吃完苹果后，就将果核吐在了旁边，经过几年的生长，果核里的种子慢慢发芽生长，终于长成了一片更加茂盛的苹果林。

现在，这位农民再也不用为生活发愁了，这一大片林子中的苹果足以让他过上温饱的生活。

有时候，就像这位农民一样，我们的失去反而是另一种获得。

生活中，一扇门如果关上了，必定有另一扇门打开。我们失去了一种东西，必然会在其他地方收获另一个馈赠。关键是，我们要有乐观的心态，相信有失必有得。要舍得放弃，正确对待我们的失去，因为失去可能是一种生活的福音，它预示着我们的另一种获得。

所以，我们应该正视人生的得失。当我们得到的时候要感恩，要懂得珍惜；当我们失去的时候不要抱怨，也不用无所适从。月有阴晴圆缺，懂得生活的人能坦然面对所谓的得失。而不懂得的人，往往会付出难以挽回的代价。

有这样一对性格不合的夫妇，丈夫 8 次提出离婚要求，而妻子就是死活不离。在法院判决中，女方总是胜诉，就这样一直拖了 29 年。29 年的岁月过去了，这位妇女的青春年华在拖延不决中消失了，乌黑的头发已成白发，红润的脸颊变黄了，刻上了一道道岁月的伤痕，身体也被折磨得满身病痛。

由于妻子的坚持，婚姻仍然存在，然而爱情早已荡然无存。她失去了幸福的家庭，失去了自己的青春，失去了健康的身体，也失去了再婚的机会，孩子也没有因此追回父爱。

结果，法院还是判离了。离婚后不到两年，这位不幸的妇女就因病情加重而离开了人世。

人生是自己的，我们不能怪这位妻子，然而，她的执着又得到了什么？

每一种生活都有它的得与失，正如俗语所说：“醒着有得有失，睡下有失有得。”所以面对生活中的得失，我们都应该抱有一种坦然的态度，凡事看开些。世界是公平的，在这里失去的，我们会在另外的地方得到补偿。有时，失去可能反而是一种福音。

留一份从容给自己

人生中一些极美、极珍贵的东西，常常与我们失之交臂，这时的我们总会因为错过美好而感到遗憾和痛苦。其实喜欢一样东西不一定非要得到它，俗话说：“得不到的东西永远是最好的。”当我们为一份美好而心醉时，远远地欣赏它或许是最明智的选择，错过它或许还会给我们带来意想不到的收获。

美国哈佛大学要在中国招一名学生，这名学生的所有费用由美国政府全额提供。初试结束了，有 30 名学生成为候选人。

考试结束后的第 10 天，是面试的日子。30 名学生及学生的家长云集锦江饭店等待面试。当主考官劳伦斯·金出现在饭店的大厅时，一下子被大家围了起来，他们用流利的英语向他问候，有的甚至还迫不及待地向他做自我介绍。这时，只有一名学生，由于起身晚了一步，没来得及围上去，等他想接近主考官时，主考官已经被围得水泄不通了，根本没有插空而入的可能。

他觉得自己也许已经错过了机会，于是有些懊丧起来。正在这时，他看见一个异国女人有些落寞地站在大厅一角，目光茫然地望着窗外，他想：身在异国的她是不是遇到了什么麻烦，不知自己能不能帮上忙？于是他走过去，彬彬有礼地和她打招呼，然后向她做了自我介绍，最后他问道："夫人，您有什么需要我帮助的吗？"接下来两个人聊得非常投机。

后来这名学生被劳伦斯·金选中了，在30名候选人中，他的成绩并不是最好的，而且面试之前他错过了跟主考官套近乎，加深自己在主考官心目中印象的最佳机会，但是他却无心插柳柳成荫。原来，那位异国女子正是劳伦斯·金的夫人。

这件事曾经引起很多人的震动：原来错过了美丽，收获的并不一定是遗憾，有时甚至可能是圆满。

因此，在我们感觉到人生处于最困顿的时刻，也不要为错过而惋惜。失去的折磨会带给我们意想不到的收获。花朵虽美，但毕竟有凋谢的一天，请不要再对花长叹了，因为可能在接下来的时间里，我们将收获细雨的浪漫。

很多时候，我们害怕失去，是因为自己心中已经默认了获得，所以失去了必定要承担痛苦。可是，生活可能会在理所当然的情况下制造出一些浪漫的插曲，如果我们一定要把得失看得那么重，一定要认为失去了就不会再有另一种方式的获得，那么我们就会一直在失去的痛苦里无法自拔。

人生要留一份从容给自己，这样就可以对不顺心的事，处之泰然；对名利得失，顺其自然。要知道世上所有的机遇并不都是为我们而设的，人生总是有得有失，有成有败，生命之舟本来就是在得失之间浮沉。机会人人珍惜，然而却并非我们都能抓住，错过了不一定就值得遗憾。

淡看得失，不必挂心

关于得失，星云大师曾说：“世事无常，诸相皆空。如果我们有颗平常心，世间的一切，有也好，无也好，都看作镜花水月。有，固然可以生活无忧；无，也可以心灵自在，深入体会无垠、无边、无量。”

我国唐代大诗人杜甫也曾说：“文章天下事，得失存心知。”这句话的意思是说，文章是天下的大事，成败得失只有自己知道。对我们的人生来说，成败得失与烦恼快乐随时都会伴随着我们。不论人生得意的时候，还是人生失意的时候，我们都应当以乐观的心态来对待，这样我们才会在得意之时保持淡然的心态，在失意之时保持坦然的心态，只有一直以一颗平常心来对待生活，我们的人生才能活出境界。

有一个很古老的故事，说山里有一位以砍柴为生的樵夫，在他辛苦经营下，终于盖了一间木屋。有一天他外出去砍柴，房子起火了，邻居们纷纷帮忙救火。但是由于当时风势较大，根本救不下，所以大家眼睁睁地看着木屋被烧毁。当一切烧尽后，樵夫回来了，看到这种情况后，他一一谢过大家的帮忙，然后自己拿着一根棍子，跑到灰烬中去翻找一番，邻居们以为他是在找什么金银珠宝，就都在旁边默默地看着他。当樵夫从灰烬中走出来时，邻居们看到他手里拿着的是一柄砍柴的刀，他笑着说："只要有这柄柴刀，我还可以建造一间更好的木屋。"邻居们虽然觉得很可惜，但依然被他乐观的精神所感动，在大家的帮助下，樵夫没有多久，便很快又建起一间小木屋。

樵夫的故事给了我们一个启迪，用我国的一句老话说就是"留得青山在，不怕没柴烧"。故事中的樵夫知道，自己的房子被烧了，这是客观现实，回避不了，那就必须面对；同时他也知道，悲伤是次要的，自己此时再伤心也不可能变出一间房子来，不如把握关键，柴刀才是最重要的。生活中我们同样应该如此，在经历过一些失败和坎坷后，我们只有乐观，才能振作，才能重新开始，如果自己先趴下了，那么就不会有后来的希望。因为故事中的樵夫有乐观的心态和坚定的决心，所以他才会有快乐幸福的生活。

人生是对立统一体。哲人说人生如车，其载重量有限，超负荷运行会促使人生走向其反面。我们的生命也是如此，虽然人们的欲望无限，但我们只要学会辨证看待人生，看待得失，用减法减去人生过重的负担，学会放下，那样我们就会获得轻松和惬意。否则，过于看重得失，内心的负担太重，那么，人生就将不堪重负，苦不堪言。

有一个小和尚问老和尚："都说僧人是皈依佛门，四大皆空，讲究一种虚静。那么我们来世上一遭，究竟为了什么呢？"

“为了自己的心呀。”老和尚慈爱的开导小和尚说，“世界上属于我们的太多太多了，自由的身心，超脱的意念，以及蓝天白云，还有美不胜收的山山水水。”

老和尚看那小和尚一脸困惑的样子，于是又详细地补充说：“当一个人四大皆空时，这世间的一切都是他的了。见山是山，见水是水，我们梦游四海，思度五岳，那么人生还有什么不可企及的呢？”

小和尚听完后似懂非懂地说：“那尘世间的人们不也拥有这些东西吗？”

老和尚说：“不是那样的，尘世间的有钱的人，在他的心中只会想拥有更多的钱；有宅第的人，心中只会想有更多的宅第；有权势的人，心中只会想拥有更高的权势……他们在拥有某项事物的同时，自己也就失去了这项事物之外的所有事物。

小和尚听完后看着眼前的山水云月，思考了一会儿后，脸上展现出舒心的笑容。

的确，是得是失，关键是看人们如何把握自己的内心，把握自己的人生。如果能够淡看得失，不要过于挂心，那么，我们就会发现，人生会更有意义，我们的品格也会更有厚度，快乐也会更加丰满。

绽放不了花香，就当绿叶

我们能够调整自己的心态，但是我们不能掠夺别人的幸福。我们可以向着成功努力，但是我们无法决定成功是否降临。当我们理想的生活状态没有实现的时候，我们完全可以让自己的思维换一个方向。当不成绽放的花朵，我们还可以拥有绿叶的生机；当不成浪漫的皓月，我们还可以做一颗闪烁的星星。

可是我们身边的很多人都会执拗于一个方向，认为成功的标准也只有一个。其实，在生活中，很多事情都不是单向发展的，它是存在很多面的。所以，单一的标准不能去评定一个事物的好坏或者成功与否。

众所周知，1968年，第一位踏上月球的航天员阿姆斯特朗，以“这是我个人的一小步，却是全人类的一大步”的一番话，而名留青史，成为全世界人民心目中的大英雄。

然而，当时登陆月球的，除了阿姆斯特朗之外，还有他的队友奥德伦。当时，两人只有一步之差，结果却隔了千里之远。阿姆斯特朗以踏上地外星球的第一人闻名于世，奥德伦却默默无名，知道他的人可说是寥寥无几。

在庆功宴上，当人们为这项前所未有的创举感到骄傲不已时，一名记者却突然问奥德伦：“阿姆斯特朗先下了太空舱，成为登陆月球的第一人，你会不会觉得有些遗憾？”

众人纷纷把目光投向奥德伦，看他怎么接下这突如其来的烫手山芋，气氛一下子降到了冰点，连太空英雄阿姆斯特朗都显得有些尴尬，然而奥德伦却神情自若，微微一笑：“各位，千万别忘了，回到地面时，我可是最先走出太空舱的，所以，我是别的星球来到地球的第一人。”

话音刚落，人群中响起了一阵笑声，同时也化解了尴尬的场面，热烈的掌声持续了一分钟之久。

生活中，当事情不能按照我们的预想去发展的时候，我们不妨将思想转一个弯。当我们的思路换了一个方向的时候，成功的定义也会跟着发生转弯。所以，当我们不再执着于一个方向的时候，成功与幸福就变得随处可见了。

2008年在长春举办的一次颁奖典礼上，导演冯小刚通过VCR对正要领奖的张涵予说，如果能够得奖，那我祝贺你。但是生活存在了许多的偶然性，虽然大家都很看好你演的《集结号》，也都希望你能够拿到这个最佳男主角的大奖，但是看着快要到手的东西，有时候就是得不到……

没错，生活里总是有太多的偶然，有时候明明已经看见成功在向我们招手了，可是就差那么一步，我们就与成功擦肩而过了。这个时候，不要悲观失望，也不要自怨自艾，而应该换一个角度去想。虽然没有成功，可是经历了，总会有不同的收获。

面对人生的成败得失，如果我们绽放不了花香，那就当绿叶吧，要知道绿叶也能发挥出它最好的价值。

小事不计较，才能发现美好

我们总是很难发现自己拥有了多少的快乐，因为我们总是觉得生活中的快乐那么少，其实是我们计较的那么多。只要我们用心去体验，就会发现我们拥有了大把的幸福和快乐，它们就隐藏在你普通的生活中。

如果你能够有一双发现的眼睛，减少对生活中各种事物的苛求，很容易就能够发现快乐。快乐不是你拥有了多少的财富，拥有了多少的房产，拥有了多少被人艳羡的珠宝，而是你能够在平常的事物中得到感触，这种感触是你生命的一部分，它们点亮了你的生活。

有位青年，厌倦了生活的平淡，感到一切只是无聊和痛苦。为寻求刺激，青年参加了挑战极限的活动。活动规则是：一个人待在山洞里，无光无火亦无粮，每天只供应5千克的水，时间为整整5个昼夜。

第一天，青年颇觉刺激。

第二天，饥饿、孤独、恐惧一齐袭来，四周漆黑一片，听不到任何声响。于是他有点向往起平日里的无忧无虑来。他想起了乡下的老母亲不远千里地赶来，只为送一坛韭菜花酱以及小孙子的一双虎头鞋。他想起了终日相伴的妻子在寒夜里为自己掖好被子。他想起了宝贝儿子为自己端的第一杯水。他甚至想起了与他发生争执的同事曾经给自己买过的一份工作餐……渐渐地，他后悔起平日里对生活的态度来：懒懒散散，敷衍了事，冷漠虚伪，无所作为。

到了第三天，他几乎要饿昏过去。可是一想到人世间的种种美好，便坚持了下来。第四天、第五天，他仍然在饥饿、孤独、极大的恐惧中反思过去，向往未来。

他责骂自己竟然忘记了母亲的生日；他遗憾妻子分娩之时未尽照料义务；他后悔听信流言与好友分道扬镳……他这才觉出需要他努力弥补的事情竟是那么多。可是，连他自己也不知道，他能不能挺过最后一关。此时，泪流满面的他发现：洞门开了。阳光照射进来，白云就在眼前，淡淡的花香，悦耳的鸟鸣——他又迎来了一个美好的人间。

青年扶着石壁蹒跚着走出山洞，脸上浮现出了一丝难得的笑容。五天来，他一直用心在说一句话，那就是：活着，就是幸福。

幸福就是这么简单，人在困境中，才会发现自己的想法，才知道自己以前的苛求是那么多，才发现自己的人生是那么肤浅。以往人生那些利益的追逐，在困境中都比不过对于生命的追求，对于亲情的渴望。这些是多么简单的事情，却总是被人们所忽略，一味地追求，让人们蒙蔽了双眼。

其实，快乐就存在于你的生活中，只要你少去计较自己的收入的高低，少去计较自己的容貌是不是美好，少去计较你的生活环境是不是安全，少去计较你的伙食的好坏。学着用一颗发现美的眼睛去看待生活，你会发现，除了我们所看到生活中的极不和谐的一小部分，大部分的生活都充满了快乐。那么，你又何必抓住那小小的一点不和谐而让自己变得不快乐呢？为什么不让自己开始学着少去计较，多发现美，让自己和生活成为很好的朋友而不是敌人呢？

人的一生太过短暂，既然实现理想的时间都很紧张，为何还要浪费时间在斤斤计较上呢？放开心的人生，会发现更多的快乐，拥有更多的幸福。

路转溪头，别有天地

我们看呱呱坠地的婴儿，生下来都是两手紧握，仿佛想要抓住些什么；看垂死的老人，临终前都是两手摊开，撒手而去。这是上天对人的启示，当他双手空空来到人世的时候，偏让他紧攥着手；当他双手满满离开人世的时候，偏让他撒开手。这就告诉我们，无论穷汉富翁，无论高官百姓，无论名流常人，都无法带走任何东西。上天总让人两手空空来到人世，又两手空空离去。既然如此，又何必偏执于某一点、某一事、某一物呢？世间万象，分秒在变，无法把握，亦无须把握。

《庄子 · 人间世》中也说过："且夫乘物以游心，托不得已以养中，至矣。何作为报也！莫若为致命，此其难者？"意思是说，"至于顺应万物的自然而使心灵悠然遨游，让它寄寓在无穷的宇宙以保持平和，这就是最好的了。所以，你不如只管实实在在地传达使命，这难道也困难吗？"以无求的心境，以一颗平常心来对待所遇到的事情，这是对庄子这段话的最佳诠释。

做人处世，若能不将一些东西看得那么重，以虚怀若谷的心境去面对万事万物，便能够路转溪头，别有天地，甚至还能让人在危难中化险为夷。

有个匪徒跟踪一个珠宝商人来到了大山里，一路上他总是没有机会下手。到了大山里，四周没有一个人，匪徒终于找到了下手的好机会，他拦住了珠宝商人的去路。面对劫匪，商人第一个反应就是立即逃跑。于是，一个拼命逃亡，另一个穷追不舍。走投无路的商人钻进了一个山洞里，匪徒也跟了进去。在山洞里，匪徒抓住了商人，不但抢了他的珠宝，连商人准备在夜间照明用的火把也抢去了。那个匪徒还算“仁慈”，他只图财没有害命。

之后，两个人各自寻找山洞的出口。山洞里黑极了，没有一丝光亮。匪徒庆幸自己把商人的火把抢来了，要不然到死也走不出这个纵横交错的山洞。他将火把点燃，借着火把的亮光在洞中行走。火把为他的行走带来了方便，他能看清脚下的石块，能看清周围的石壁，因而他不会碰壁，不会被石块绊倒。但是他始终没有走出这个山洞，最后饿死在里面。

商人失去了火把，心想着自己将要永远留在这个山洞里了，但是他又不甘心。没有了照明工具，他就在黑暗中摸索着前进，头不时碰在坚硬的石壁上，身体不时被石块绊倒，跌得鼻青脸肿。但是，过了一段时间，他看到从远处传来一丝光亮，那正是山洞的出口。他迎着那缕微光摸索爬行，最终逃离了山洞。

在黑暗中摸索的人最终走出了黑暗，有火把照明的人却永远留在了黑暗的山洞中。这并不奇怪，世间有很多事情都遵循这样的道理。我们总想得到什么，而不愿失去，却总是忘记，有时失去会让我们得到更多想得到的东西，包括生命。

有时候，人们就像那个匪徒，为了心中的妄念，做出违背自我的事情，因为手中拥有的东西比别人多，最终反而陷入人生的困境。

幸福成功的人生，并不是把自己的心和手都塞得满满的，那样只

会让自己负重难行。相反，一个人若能摈弃不必要的世俗功利心，坦然看待得失成败，才能超脱物我，找到人生的真谛。

珍惜此刻拥有的

在现实生活中,有些人往往只看远方的飞鸟而忽视脚下的溪流。这样的人会一直生活在奔波之中，因为他的梦是很难实现的。盲目地追求不可能实现的东西，倒不如务实一点，去抓住眼前的事物，哪怕是听一声河水的叮咚，也会帮你休息疲惫的身心。

一天，一个终日愁苦的青年去拜见一位大师以求得到快乐的良方。大师说："只有世界上你认为最好的东西才能使你快乐。"于是，他辞别妻儿，踏上了去寻找世界上最好东西的漫漫旅途。

起初，他遇见了一位重病患者，他问："你知道世界上最好的东西是什么吗？"病人恹恹地说："那还用问吗？是健康的体魄。"青年想，健康我每天都拥有，算不上世界上最好的东西。第二天，他遇见了一个正玩耍的孩童，他问："你知道世界上最好的东西是什么吗？"孩童想了想，说："是一大堆玩具。"这个人摇了摇头，继续去寻找世界上最好的东西。接着，他又先后遇到了一个老者、一个商人、一个画家、一个囚犯、一个母亲和一个女孩。老者说："年轻是世界上最好的东西。"商人说："利润是世界上最好的东西。"

画家说：“色彩是世界上最好的东西。”囚犯说：“自由自在是世界上最好的东西。”母亲说：“我的宝贝孩子是世界上最好的东西。”女孩说：“我爱过一个青年，他脸上那灿烂的笑容是世界上最好的东西。”结果没有一个回答令他满意。

失望的他继续走啊走啊，最后，他穿过熙熙攘攘的人群，带着五花八门的答案又回到了大师那里。

大师见他回来了，似乎知道了他的遭遇和失望，微笑着说：“先不要去追究你的问题，它永远不会有一个确切而唯一的答案。你现在考虑这样一个问题——把你最想念的东西和情景告诉我。”

此时，青年饥寒交迫，蓬头垢面。他想了一会儿，对大师说：“我出门很多天了，我想念我亲爱的妻子和可爱的孩子，想念一家人在冬夜里围着火炉谈笑聊天的情景……”说到这里，他长叹一声，“那是我现在最想念的东西！”

大师拍了拍他的肩，说：“回去吧！你最好的东西就在你的家里，它们可以使你快乐起来。”

青年疑惑地问：“可我就是从那里走出来的啊！”大师笑了，说：“你出来之前，不知道自己想要什么东西；你出来之后——比如现在，你已经知道自己想要什么样的东西了。”青年醒悟。

我们常常和这个青年一样，还不知道最好的东西究竟是什么，就要去追寻。每个人的心目中，关于最好的、最快乐的答案总是各不相同。有人喜欢唐诗的荡气回肠，有人喜欢宋词的婉转悠扬，有人喜欢摇滚的激情，有人喜欢轻音乐的淡雅。对于每一个人来讲，只要自己拥有的就是最好的。

一个人最大的痛苦不是得不到，而是得到了之后不去珍惜，仍旧觉得不满足，又去苛求一些不现实的东西。

德国哲学家叔本华曾经告诫人们：“我们很少想到自己拥有什么，却总是想着自己缺少什么。不要感叹你失去或未得到的，而应该珍惜你已经拥有的。”不要羡慕别人的生活，别人不见得比你活得好，每个人都有自己的欢乐和痛苦。你所拥有的，也许恰恰是别人所缺少的，与其为别人的拥有而不平，还不如为自己的拥有而开怀。

第十章

心宽是对待荣辱最好的道别

宠辱不惊，去留无意

古今中外，无论是官场、商场，抑或是情场，都仿佛人生的剧场，将得意与失意、荣宠与羞辱看得一清二楚。诸葛亮有一句名言："势利之交，难以经远。士之相知，温不增华，寒不改弃，贯四时而不衰，历坦险而益固"，意在鞭策我们要看淡荣辱而保持道义，所谓得意失意皆不忘形，宠辱不惊，便是此意。

孙叔敖原来是位隐士，被人推荐给楚庄王，三个月后做了令尹（宰相）。他善于教化引导人民，因而使楚国上下和睦，国家安宁。

有位孤丘老人，很关心孙叔敖，特意登门拜访，问他："高贵的人往往有三怨，你知道吗？"

孙叔敖回问："您说的三怨是指什么呢？"

孤丘老人说："爵位高的人，别人忌妒他；官职高的人，君王讨厌他；俸禄优厚的人，会招来怨恨。"

孙叔敖笑着说："我的爵位越高，我的心胸越谦卑；我的官职越大，我的欲望越小；我的俸禄越优厚，我对别人的施舍就越普遍。我用这样的办法来避免三怨，可以吗？”

孤丘老人很满意，笑着离去。

孙叔敖严格按照自己所说的行事，避免了不少麻烦，但也并非是一帆风顺，他曾几次被免职，又几次复职。有个叫肩吾的隐士对此很不理解，就登门拜访孙叔敖，问他：“你三次担任令尹，也没有感到荣耀；你三次离开令尹之位，也没有露出忧色。我开始对此感到疑惑，现在看你的心态又是如此平和，你的心里到底是怎样想的呢？”

孙叔敖回答说：“我哪里有什么过人的地方啊，我认为官职爵禄的到来是不可推却的，离开是不可阻止的。得到和失去都不取决于我自己，因此才没有觉得荣耀或忧愁。况且我也不知道官职爵禄应该落在别人身上呢，还是应该落在我的身上。落在别人身上，那么我就不应该有，与我无关；落在我身上，那么别人就不应该有，与别人无关。我的追求是顺其自然，悠然自得，哪里有工夫顾得上什么人间的贵贱呢？”

孙叔敖在险恶的仕途风浪中始终不惊不惧，只因他心中淡定，在古人看来，有人之所以能做到宠辱不惊，其根本在于将安危放在自己身上来承担，以行仁义为人生追求，不趋利避害，不自以为是，以坦荡胸怀看人世浮沉。这样的人往往阅世已深，知生之艰难，为人不易，是看透后的豁然开朗，即是“明理者”。

明理者不在于一事一物的纠缠中，而在于包容宽厚，不以一己心胸衡量别人的喜恶，既然知道什么是宠什么是辱，自然处变不惊。一如古语所言，须历一番风雨，方才洞悉大千。

从来圣贤皆寂寞，是真名士自风流。淡看昔日富贵，笑对人生沉浮，人才能活得潇洒惬意。

62 岁的苏轼被朝廷贬到海南时，天空正下着绵绵细雨，斜风吹打在身上，透出一丝凄凉。虽然居陋室，食粗饭，但苏轼并不以为苦，倒是经常和当地士绅百姓共叙桑麻乐事。他也不以文豪自居，入乡随俗，身披当地衣冠，走街串巷，享受难得的快慰。

一次，苏轼来到一座山头，惹来一个黎山樵夫的善意笑声。虽然语言不通，但樵夫也看得出，他是一个身居山林的贵人，出于对他的好感，慷慨地送了一匹布，好让他抵御寒冷的海风。

他和周围的邻居关系也非常融洽，左邻右舍常送饭食给他。当人们听他说起往事的时候，苏轼的脸上总是乐呵呵的，并没有伤感怅然之色，笑称“昔日富贵，一场春梦”。

而事实上，苏东坡在海南的谪居生活是十分困顿的。岭南天气湿热，地气蒸溽，而海南为甚，这对于年老的苏东坡，无疑是难以适应的。但是苏轼去世前自题画像却将贬官黄州、惠州、儋州看成是自己的平生功业。

苏轼对苦难并非无动于衷，麻木不仁，对政敌的迫害也不是逆来顺受，而是以一种全新的人生姿态来对待接踵而至的不幸，从而蔑视丑恶，消解痛苦，内心蕴含着坚定、乐观的精神。他是将际遇当成阅历，明得失而知荣辱，在看开一切之后实际上是对人生百态最好的彻悟。

《菜根谭》里说：“宠辱不惊，闲看庭前花开花落；去留无意，漫随天外云卷云舒。”为人做官能视宠辱如花开花落般的平常，才能“不惊”；视职位去留如云卷云舒般变幻，才能“无意”。“闲看庭

前”大有“躲进小楼成一统，管他冬夏与春秋”之意；“漫随天外”则显示了目光高远，不似小人一般浅见的博大情怀，一句“云卷云舒”又隐含了“大丈夫能屈能伸”的境界。

出世入世间，从容选择

出世与入世，换一种说法其实就是看透进退的玄机。明代理学大师薛文清说：“进将有为，退将自修。君子出处，唯此二事。”这是古人的进退观，正是“穷则独善其身，达则兼济天下”。

最高明的智者会在出世和入世间进退自如，不受名利的束缚。李泌就是这一方面的典型代表。

李泌小时候就有“神童”之称，深得唐玄宗的喜爱。后来他与当时还是太子的肃宗相识。安史之乱时，肃宗面对强大的叛军，很想找些心腹来帮忙，于是请来了隐居的李泌。

说起来唐王朝没有在安史之乱的战火中灰飞烟灭，一方面多亏了郭子仪、李光弼等大将的浴血奋战，殊死报唐，另一方面也多亏了李泌那条“山人妙计”。

唐肃宗收复京师之后，李泌去见肃宗。唐肃宗留李泌宴饮，同榻而眠。当时，李泌常受小人猜忌和陷害，为了明哲保身，他决定退隐山林。在隐退之前，他决心尽自己的最后一次努力，保护自己曾经爱护的皇太子广平王李豫。

当天晚上，李泌对肃宗说："臣已略报圣恩，请准我做闲人。"

肃宗惊异，说："我同先生忧患多年，应该与先生同乐，您为何要离去呢？"

李泌答道："臣有五不可留，愿陛下让我离去，免于一死。"

唐肃宗问："这五不可留指什么呢？"

李泌答道："我遇陛下太早，陛下任我太重，宠信我太深，我的功劳太高，事迹太奇，有此五虑。陛下若不让我走，就是杀了臣。"

肃宗不解地说："先生为什么怀疑我？朕不是疯子，为什么要杀先生呢？"

李泌道："正是陛下不杀我，我才敢请求归山，否则我怎么敢说？并且我说被杀，不是指陛下，而是指那五点原因。我想，陛下对臣这么信任，有些话尚且不敢说，等天下安定了，我哪敢再说什么！"

肃宗说："我知道了，先生要北伐，我不听从您的建议，先生您生气了。"

李泌回答："不是，我说的是建宁王一事。"原来，不久前，肃宗听信奸臣诬告，建宁王李倓被赐死。

肃宗说："建宁王听信小人的话，谋害长史，想夺储位，我不得不赐他死，难道先生还不知道吗？"

李泌又说："建宁王倘若有此心，广平王必定会怨恨他，可是广平王每次与我谈话，都说弟弟冤枉，泪如雨下。况且，以前陛下想用建宁王为天下兵马大元帅，我请改任广平王。建宁王要是想夺太子的地位，一定会恨臣，为什么他认为我是忠心，对我更加亲善呢？"

听到这里，肃宗也不禁流泪道：“我知道错了，先生说得很对，但是这件事情既然已经过去了，我也不想再听这件事。”

李泌说：“我不是要追究以前的责任，是为了让陛下警戒将来。当年则天皇后有四个儿子，她错杀了太子弘，立次子李贤为太子。次子内心忧惧，作《黄台瓜》一词，想感动则天皇后，但则天皇后不予理睬。李贤被废之后，死在贬所黔中。《黄台瓜》一词是这样说的：‘种瓜黄台下，瓜熟子离离。一摘使瓜好，更摘使瓜稀，三摘尤可为，四摘抱蔓归。’陛下已经摘了一个大瓜了，千万不要再摘了。”

肃宗惊奇地说：“怎么会有这种事？我当把这首诗写在绅带上，时时警惕。”

李泌说：“只要陛下记在心中就行了。”之后，李泌就归隐泉林了。

直到唐代宗继位，他又被请出山，出任朝廷要职。后来遭排挤，便安然退隐。待到唐德宗朝，李泌再次出山。

李泌一生，身经四朝，于安史之乱等危难之时，临危受命，以大智慧定策平贼，居功甚伟。四朝皇帝都对他恩宠有加，奉为师友，亲密至极，是名副其实的“帝王之师”。李泌如果想要一般人梦里也想的高官厚禄，那简直是唾手可得。但他身在朝堂，心在山川，天下稍有安定，就退步抽身，远走隐退。正所谓“大隐隐于朝”，李泌实在是做到进退有术的绝世高人。

李泌四隐四仕，能够顺其自然，还做到了古人所提倡的“用之则行，舍之则藏”。“行”则建功立业，“藏”则修身养性，无论“行”还是“藏”都过得十分充实，平静处世。李泌对出世与入世的从容选择，对于今人的意义依然很大。

时时做上岸的打算

曾国藩带湘军围剿太平天国之时，清廷对其是一种极为复杂的态度：不用这个人吧，太平天国声势浩大，无人能敌；用吧，一则是此人手握重兵，二则曾国藩的湘军是曾一手建立的子弟兵，又怕对朝廷构成威胁。在这种指导思想下，对曾国藩的任用经常是用你办事，不给高位实权。苦恼的曾国藩急需朝中重臣为自己撑腰说话，以消除清廷的疑虑。

忽一日，曾国藩在军中得到胡林翼转来的肃顺的密函，得知这位精明干练的顾命大臣在西太后面前荐自己出任两江总督。曾国藩大喜过望，咸丰帝刚去世，太子年幼，顾命大臣虽说有数人之多，但实际上是肃顺独揽权柄，有他为自己说话，再好不过了。

曾国藩提笔想给肃顺写封信表示感谢，但写了几句，他就停下了。他知道肃顺为人刚愎自用，很有些目空一切的味道，用今天的话来说，就是有才气也有脾气。他又想起西太后，这个女人现在虽没有什么动静，但绝非常人，以曾国藩多年的阅人经验来看，西太后心志极高，且权力欲强，又极富心机。肃顺这种专权的做法能持续多久呢？西太后会同肃顺合得来吗？

思前想后，曾国藩没有写这封信。后来，肃顺被西太后抄家问斩，在众多官员讨好肃顺的信件中，独无曾国藩的只言片语。

古人云："人无远虑，必有近忧。"这句话告诉人们，一个人如果做事情鼠目寸光，不是深谋远虑，那么他一定会受到事情的困扰。这个道理很多人都理解，但是等到我们真的要去决定一件事的时候，又会常常犯了目光短浅的错误。所以有远见的人，做事懂得为自己想好退路。曾国藩无疑做到了，所以为后来免掉了一场灾祸。

这世上有三种人，一种人雷厉风行，行事不思，不给自己留出任何余地；一种人三思而行，谨小慎微，没有十足把握绝不行动，处处留有退路，却不主动寻求出路；第三种人激情与理性并存，谨言慎行又行事果断，积极谋求出路，又不让自己陷入绝境。通常大部分人都会犯前两种人的错误，而能够像第三种人一样生活的，大多可以走进一个广阔的天地。

我们往往会陷入一个“置之死地而后生”的误区，很多人说，不留退路，才有出路，其实不然。破釜沉舟的勇气固然可嘉，背水一战或许能够充分激发个人潜力，但大多数时候，孤注一掷的人往往都会输得一败涂地。所以做人要居安思危，早早地为自己多准备几条退路。说到这点，除了曾国藩以外，辅佐齐桓公建立霸业的管仲也可谓称得上是个中翘楚。

春秋时期，管仲与鲍叔牙以及召忽三人很要好，决心在事业上互相合作。他们曾经合作做过生意，但他们更想合作治理齐国。

当时齐王有两个儿子，一个叫纠，一个叫小白。召忽认为公子纠是长子，一定能继承王位，因此对管仲和鲍叔牙说：“对齐国来说，我们三人就像大鼎的三条腿，缺一不可。既然公子小白不能继承王位，那干脆我们三人一同辅佐公子纠吧。”管仲说：“这样等于吊死在一棵树上。万一公子纠没继位，我们三人不是都完了。国中的百姓都不喜欢公子纠的母亲和公子纠本人。公子小白自幼丧母，人们必定可怜他。究竟谁继承王位很难说。不如由一个人侍奉公子小白，将来统治齐国的肯定是这两个人中的一个。这样，不管哪一个当了齐王，我们当中都有功臣，可以相互照顾，进退有路，左右逢源。”于是他们决定由鲍叔牙去辅佐公子小白，由管仲和召忽辅佐公子纠。

后来，管仲射杀小白，鲍叔牙叫小白装死。管仲以为小白已死，从容地陪公子纠回国继位。不料公子小白已先回国当了国王，成了齐桓公，鲍叔牙成了功臣，管仲和召忽成了罪人。

正因为管仲事先想到了退路，所以，鲍叔牙可以在齐桓公面前说情。齐桓公不但没杀管仲，反而让管仲当了宰相，协助自己干出一番霸主的事业。

人生无常，不会处处顺风顺水。今天的退路正是明天前进成功的进路。凡是有远见的人都不会被眼前的得失所蒙蔽，在适当时机，都能为自己留条后路，既是为后来提供一个大展宏图的余地，更是为自己留一条全身之道。

人在屋檐下，要低头

民间有一句俗语，叫“人在屋檐下，不得不低头”。就是说，人在力量不如别人的时候，或者在求人办事之时，不能不低头退让。这句话，可以说洞彻世事人情，非常有智慧。

然而，仔细看这句话的后半句，我们会发现“不得不”一词里隐含着太多的勉强和无奈，这是一种消极的、不情愿的低头，既然是勉强和不情愿的，做起来就不免流露出不满的情绪，这种不满如果让对方看到，很可能会影响你办事的效果。

因而，我们要把这句俗语改成“人在屋檐下，一定要低头”。把“不得不”改成“一定要”并不是在玩文字游戏，而是要求权势和力量不如对方的人要积极主动地低下头来，变消极为积极，变不情愿为心甘情愿。

所谓的“屋檐”，通俗点说，就是别人的势力范围，也就是说，只要你人在这势力范围之中，靠这势力生存，那么你就在别人的屋檐下了。以人类容易排斥“非我族群”的天性来看，大部分的屋檐都是非常矮的。也就是说，进入别人的势力范围时，你会受到很多排斥和限制，以及不知从何而来的欺压，除非你强大到不用靠别人来过日子的程度。即使如此，你也不能保证一辈子都可以如此自由自在，不用在别人屋檐下避风雨。所以，在别人屋檐下的心态就有必要调整了。只要是在别人的屋檐下，就“一定要低头”，不用别人来提醒，也不用撞到屋檐了才低头。

“一定要低头”，起码有这样几个好处：你很主动地低下了头，不致成为明显的目标；不会因为头抬得太高而把矮檐撞坏。要知道，不管撞没撞坏，你总要受伤的，尽管你的头是“铁”的，但老祖宗早就有“杀敌一千，自损八百”的古训。离开不是不可以，但是必须考虑要去哪里，要知道，一旦离开，再想回来就不那么容易了；在“屋檐”下待久了，就有可能成为屋内的一员，甚至还有可能把屋内人赶出来，自己当主人。

在历史上，各种斗争，极其复杂，忍受暂时的屈辱，低头磨炼自己的意志，寻找合适的机会，是一个欲成大事者必不可少的心理素质。西汉时期的韩信忍胯下之辱正是这种“一定要低头”的最好体现。因为他不低头就会把自己弄到和地痞无赖同等的地步，奋起还击，闹出人命吃官司不说，还很可能赔上一条小命。

另一种“一定要低头”，属于更高一个层次。就是有意识地主动消隐一个阶段，借这一阶段来了解各方面的情况，消除各方面的隐患，为将来的大举行动做好前期的准备工作。

隋朝的时候，隋炀帝十分残暴，各地农民起义风起云涌，隋朝的许多官员也纷纷倒戈，转向农民起义军，因此，隋炀帝的疑心很重，对朝中大臣，尤其是外藩重臣，更是易起疑心。唐国公李渊（即唐太祖）曾多次担任中央和地方官，所到之处，有目的地结纳当地的英雄豪杰，多方树立恩德，因而声望很高，许多人都来归附。这样，大家都替他担心，怕遭到隋炀帝的猜忌。正在这时，隋炀帝下诏让李渊到他的行宫去晋见。李渊因病未能前往，隋炀帝很不高兴，多少有点猜疑之心。当时，李渊的外甥女王氏是隋炀帝的妃子，隋炀帝向她问起李渊未来朝见的原因，王氏回答说是因为病了，隋炀帝又问道：“会死吗？”

王氏把这消息传给了李渊，李渊更加谨慎起来，他知道隋炀帝对自己起疑心了，但过早起事又力量不足，只好低头隐忍，等待时机。于是，他故意广纳贿赂，败坏自己的名声，整天沉湎于声色犬马之中，而且大肆张扬。隋炀帝听到这些，果然放松了对他的警惕。

试想，如果当初李渊不主动低头，或者头低得稍微有点勉强，很可能就被正猜疑他的隋炀帝杨广除掉了，哪里还会有后来的太原起兵和大唐帝国的建立？

“一定要低头”的目的，是为了让自己与当时的环境形成和谐的关系，把二者的摩擦降至最低；是为了保存自己的能量，以便走更长

远的路，更为了把不利的环境转化成对你有利的力量。这是一种柔软，一种权变，更是最高明的生存智慧。

见好就收

“功成身退，天之道也。”古往今来，懂得其中深意的人不在少数，但在权力的诱惑下，没有几个人能够全身而退，因此，能够自如进退的人就成了“非正常”的人，他们在功成身退中表现出来的品格令后世大为赞扬。

越王勾践卧薪尝胆，灭吴复国，这其中起了关键作用的是他的两大功臣：一个是范蠡，一个是文种。范蠡辅佐勾践二十多年，灭掉吴国后却上书请辞，他对勾践说：“过去大王受辱，臣不敢言退。今日大仇已报，臣不敢居功享乐。”勾践十分不解，劝他说：“你遍历辛苦，难道不想有快乐的这一天吗？现在你功高位尊，无所忧患，正是尽享富贵的时候，为何轻言放弃呢？”

范蠡搪塞掩饰，不肯正面回答，他只对家人说：“盛名之下，其实难久；人不知止，其祸必生。勾践可与共患难，难与同安乐，这样的君主岂能轻信？”他的家人不想逃难，也不相信范蠡的判断，他们说：“以你的功劳和大王的交情，还有什么可担心的？富贵得来不易，眼下正是再进一步的时候，机不可失啊！”

范蠡自信无失，他长叹说：“人的一念之差，往往决定着一生的生死祸福。若为贪念所系，不加约束，祸发之日再想收手，就悔之不及了。何况远离官场，无争无斗，自得其乐，这才是真正的人生归宿，又有什么不好呢？”于是他带着家人从海路逃到齐国，改名换姓，自称鸱夷子皮，在海边耕田，再创家业。他出逃之后，曾给文种送来一封信说：“飞鸟尽，良弓藏，狡兔死，走狗烹。越王可以共患难，不可与共乐，子何不去？”文种以为范蠡太多心了，不过，从此以后他也不大过问国事了，终日称病在家。

范蠡是一个非常有智慧的人，他经营有方，加之苦心不懈，没多久，他就积累了数十万家产，富甲一方。齐王听说了他的才能，深以为奇，便任他为相。面对这突如其来的殊荣，范蠡的想法却出乎所有人的预料，他忧心地说：“治家能积累千金，居官能升至将相，这是平民百姓所能达到的最高位置了。至此若不思退，不用理智制止放纵之念，凶险马上就会降临。”于是他退回了相印，决定散尽家财远走，他的家人苦劝不止，又说：“有官不做，我们无话可说，可散尽家财就不可理喻了。这是我们辛劳所得，不贪不占，为何要白白送给别人呢？”范蠡开口说：“官高招怨，财多招忌，这都是惹祸的根苗。人贫我富，人无我有，若只取不施，为富不仁，钱财再多也无益，不如放弃！”

他把家财分给好友和乡亲，自带一些珍宝来到陶邑，隐居下来。初到陶邑，范蠡自觉无比快乐自在。时间一长，他不甘清闲，又思治业大计。他的家人心有怨气地说：“人人思富，个个求财，你富不珍惜，认为钱财无用，今日何必再提此事？钱财有那么好赚吗？”范蠡轻松一笑说：“穷富之别，在乎心也。只要有心，钱财取之何难？”

范蠡在陶邑以经商为业，求取利润。没过多久就又积聚了巨万资财，成了当地首富。后来，范蠡又散尽家财，周济贫困的乡党故旧，为此他表白说："在我看来，经商是一种乐趣，在求取金钱上不该贪得无厌。钱财乃身外之物，不过分看重它才能得到它，此中真谛非守财者所能悟出。它让人受益无穷啊！"

范蠡就是中国历史上有名的陶朱公，又被尊为财神。而文种遭越王勾践猜忌，伏剑自尽。

清代诗人徐公修曾写诗赞范蠡："两国甘心抛相印，五湖浪迹泛扁舟，铸金故主空摹象，凤举鸿冥不可留。"范蠡在名利面前，始终保持着清醒的头脑，进退自如，懂得及时舍弃荣华富贵，可称之为大智慧。

"自污"，方为保全之道

一个人如果已经握有一把锋锐的利器，却仍然不满于现状，反要在锋刃上更加一重锐利，俗谚所谓"矢上加尖"，那么连原有的锋刃恐怕都不能保全了。所以古人强调和光同尘，同流合污，认为一个人争胜显贵到最后往往反因此失堕而难以自保，倒不如和光同尘，甚至甘愿自污，这才是一条真正保住自我的长久之计。

这就告诫我们，对于聪明才智、财富权势等，都要知时知量，自保自持。如果已有聪慧而不知谦虚涵容，已有权势而不知隐遁退让，已有财富而不知适可而止，最后将自取灭亡。

南宋初年，韩世忠与岳飞、张浚都是高宗赵构手下著名的抗金将领，号称“三杰”。精忠报国的岳飞为赵构、秦桧陷害入狱，韩世忠知道岳飞的赤胆忠心和无辜，就从前线赶回来，想为囚禁在狱的岳飞鸣冤叫屈，质问秦桧：“岳飞所犯何罪？”秦桧竟然以“莫须有”三字相对，使得韩世忠惊惧不已，知道昏君、奸相当道，忠良必遭陷害，真是欲加之罪，何患无辞？于是他就准备给自己寻找后路。

当时抗金名将均将自己统领的军队冠以岳家军、张家军，使宋帝非常疑忌，韩世忠就严禁部将打出韩氏旗号，并到处宣扬自己想买新淦县的官田作为子孙的产业。宋朝是一个相当重视封建道德的朝代，将领在前方打仗总是将自家私事挂在嘴上，实在是非公非忠，但宋高宗听后，却非常高兴，亲自下诏，将新淦县官田赏赐给他，并说：“爱卿遇敌必克，每有威名。现在听说爱卿想为子孙买些田产，朕就将它赏赐给你，以表彰你的忠心。就将这块田庄定名为‘旌忠’吧。”

韩世忠以“同流合污”使自己得以保全，从而避免了杀身之祸。这样的例子在历史上有不少，蔡锷正是深谙此中道理者。

二次革命期间，蔡锷对交战双方表示中立，还曾拟联合黔、桂两省作为中间人，主张两方停战，凭据法理解决。对蔡锷的这些举动，袁世凯深为嫉恨。就将蔡锷召入北京，实际上是牵虎入笼。

蔡锷为了保全自身便主动与那些为帝制摇旗呐喊的大小人物打成一片，宣扬帝制。一天，蔡锷与一帮乌合之众又谈起帝制。蔡锷附和道：“共和两字，并非不良，但我国国情、人情，却不适合共和。”

宣扬帝制的筹安会的大头目杨度立刻应道:“蔡锷兄,你今日方知‘共和’二字的利害吗?”蔡锷不敢怠慢,赶紧道:“俗话说得好:‘事非经过不知难。’杨大人还不肯谅解蔡某人吗?”杨度不甘罢休道:“你是梁启超的高足,他最近做了一篇文章驳斥帝制,你却来赞成帝制,岂不是背师叛道吗?”蔡锷笑道:“师生也是人各有志。以前杨大人与梁启超同是保皇派的,为什么他驳斥帝制,你偏又办起筹安会?今天你诘责我,我倒要问问老兄,谁是谁非?”杨度讨了个没趣。

杨度不甘心,红着脸拿出一张纸,递给蔡锷道:“你既然赞成帝制,就应该参加请愿,何不签个大名?”蔡锷十分爽快:“我在总统面前已请过愿了,我签个名儿,有何不可?”遂提起毛笔,信手一挥。大家见他这般爽直,疑心荡然无存,个个拍手叫好。

为了能再让袁世凯消除对他的疑心,蔡锷脱掉他那身戎装,去妓院寻花问柳。想不到,蔡锷在妓院结识了有胆有识、闻名京城的小凤仙。为了把戏演得更真,蔡锷特地让小凤仙备了一桌酒菜,邀请了袁世凯的爪牙喝酒,席间扬言要与妻子离婚,娶小凤仙为妻。为了让袁世凯彻底放松警惕,蔡锷又与夫人上演了一场假离婚风波。

袁世凯终于对他彻底放下了心,放松了对他的监视。蔡锷趁机与梁启超策划反袁,寻机脱身。1915 年 12 月 21 日他偕同戴戡等人秘密到达昆明。不久即和唐继尧组织护国军讨袁。

无论是韩世忠,还是蔡锷,他们都能以自污其身,来避免功高震主,最终得以善终。这样的智慧值得我们学习。

所以,无论身处何处,当自己锋芒太露时,切不可矢上加尖,而

是要学会“自污”一下，让自己看上去不那么光鲜照人，才能保住人生的锋刃。否则就犹如高处不胜寒，一着不慎，全盘皆输。

该糊涂时糊涂一把

在一座深山里有一群猴子，相处得非常和睦，好像大家庭一般。其中有只猴子特别精灵，什么事都想带头当领导，于是，其他猴子都离它远远的。这只猴子想：“我比你们聪明、精灵，为什么大家都排斥我？好吧！没有你们，我也能生活得很好。”它依然我行我素，非常骄傲。

一天，猎人来到山上，远远地看到了猴群，于是走上前去。所有的猴子都吓得一哄而散，赶紧躲起来，只有那只精灵的猴子在树上跳来跳去，逗弄猎人，卖弄它的聪明。

猎人张开弓箭向它射去，但射了好几箭都射不着。其实猎人原本无意射杀猴子，谁知猴子却调皮地一直捉弄他。猎人怒火中烧，于是邀集了一群猎人，说：“来，我们同时把箭射过去！”尽管那只猴子非常精灵，仍逃不过众人同时射出的箭，结果身中好几支箭，死了。

这就是卖弄聪明的悲惨下场，真正的智者主张人要“大智若愚”，而且要“守愚”。大智若愚的人给人的印象是：虚怀若谷，宽厚敦和，不露锋芒，甚至有点木讷。其实在“若愚”背后，隐含的是真正的大智慧。中国古代不乏这样的大智若愚者。

宋代宰相韩琦以品性端庄著称，遵循着得饶人处且饶人的生活准则，从来不曾因为有胆量而被人称许过，可是他在下面两件事上的神通广大，实在是没有第二个人可比。这才是“真人不露相”的注解。对于这样的老好人谁会防范呢？他因此而得以在无声无息中做了这两件大事：

当宋英宗刚死的时候，朝臣急忙召太子进宫，太子还没到，英宗的手动了一下，宰相曾公亮吓了一跳，急忙告诉宰相韩琦，想停下来不再去召太子进宫。韩琦拒绝说：“先帝要是再活过来，就是一位太上皇。”韩琦越发催促人们召太子，从而避免了权力之争。

担任大内都知职务的任守忠很奸邪，反复无常，经常秘密探听东西宫的情况，在皇帝和太后间进行离间。韩琦有一天出了一道空头敕书，参政欧阳修已经签了字，参政赵概感到很为难，不知怎么办才好；欧阳修说：“只要写出来，韩琦一定有自己的办法。”韩琦坐在政事堂，用未经中书省而直接下达的文书把任守忠传来，让他站在庭中，指责他说：“你的罪过应当判死刑，现在贬官为蕲州团练副使，由蕲州安置。”韩琦拿出了空头敕书填写上，派使臣当天就把任守忠押走了。

要是换上爱耍弄权术的人，任守忠会轻易就范吗？显然不会，因为他也相信一贯诚实的韩琦的说法，不会怀疑其中有诈。这样，韩琦轻易除了蠹虫，还不失忠厚。所以大智若愚实在是人生的最高修养，也是一种做人的谋略。

古语云：水至清则无鱼，人至察则无徒。为人处事过于精明，常常会带来麻烦。为此，聪明人有时也要装作糊涂，以保全自己。

当年，为刘邦开国大业立下汗马功劳的谋士萧何，因功高震主而令刘邦产生顾虑，若不依另一位谋士陈平的建议，用擅自占用百姓田地的违法行为以自污，相信他也会落得韩信的下场。

生活也好，工作也好，该糊涂的时候，就不要顾忌自己的面子、学识、地位、权势，一定要糊涂，由糊涂而转聪明，则必左右逢源，不为烦恼所扰，不为人事所累，这样也必会有一个幸福、快乐、成功的人生。

第十一章

谁的人生没有输赢，有路就好

竞争合作可以转化

中国人习惯于非此即彼的思维方式,对自己人要尽量偏袒照顾,对竞争对手则赶尽杀绝。很少有人会以为在竞争的过程中，除了输赢还有第三种可能，那就是共赢。

人类的发展充满战争与和平的轮换轨迹，这也是自然界竞争法则的一个缩影。如何在竞争中获得机会，在发展中获得支持，在这方面，具有现代经营理念的李嘉诚为我们树立了榜样，他说：“没有绝对的竞争，也没有绝对的合作，因为二者是可以转化的。”

李嘉诚从来不进行恶意竞争，不管这其中的利益有多大，他也从来不搞无原则的合作。在他这里，竞争往往成为合作的契机。

九龙仓不是仓库，而是香港最大的货运港，它是九龙货仓有限公司的产业，包括九龙尖沙咀、新界及港岛上的大部分码头、仓库，以及酒店、大厦、有轨电车和天星小轮。九龙仓历史悠久，资产雄厚，可以说，谁拥有九龙仓，谁就掌握了香港大部分的货物装卸、储运及过海轮渡。但是一直以来，九龙仓的经营者固守用自有资产兴建楼宇，只租不售，造成资金回流滞缓，使集团陷入财政危机。为解危机，大量出售债券套取现金，又使得集团债台高筑，信誉下降，股票贬值。

李嘉诚非常看好这块宝地，他认为九龙仓是一块蒙了灰尘的宝玉，只要细心呵护，一定能够重新焕发光彩。

基于这种考虑，李嘉诚不动声色一直在收购九龙仓股票，买下约 2000 万股散户持有的九龙仓股，意欲进入九龙仓董事局。但不料九龙仓股被职业炒家炒高，九龙仓老板不甘示弱，组织反收购。与此同时，船王包玉刚也加入到收购行列。包玉刚是何方神圣？他可是大有来头，据 1977 年吉普逊船舶经纪公司的记录，世界十大船王排座次，包玉刚稳坐第一把交椅，船运载重总额 1347 万吨；他拥有 50 艘油轮，一艘油轮的价值就相当于一座大厦。真是财大气粗。他的加入，一时间使得强手角逐，硝烟四起，逼得九龙仓向汇丰银行求救。于是汇丰大班沈弼亲自出马周旋，奉劝李嘉诚放弃收购九龙仓。李嘉诚考虑到日后长时的发展还期望获得汇丰的支持，即使不从长计议，如果驳了汇丰的面子，汇丰必贷款支持怡和，收购九龙仓将会是一枕黄粱，于是趁机卖了一个人情给汇丰银行大班，答应沈弼，鸣金收兵，不再收购。李嘉诚权衡得失，已胸有成竹，决定把球踢给包玉刚，预料包玉刚得球后会奋力射门——直捣九龙仓。

于是，香港开始上演一幕传奇故事。

1978 年 8 月底的一天下午，李嘉诚密会包玉刚，提出把手中的 1000 万股九龙仓股票转让给他。包玉刚略一思索，不禁感叹：这真是只有李嘉诚这样的脑袋才想得出来的绝妙主意！包玉刚在心里不禁暗暗佩服这位比自己小但精明过人的地产界新贵。

因为李嘉诚这一招可谓一箭双雕：从包玉刚这方面来说，他一下子从李嘉诚手中接受了九龙仓的1000万股股票，再加上他原来所拥有的部分股票，他已经可以与怡和洋行进行公开竞购。如果收购成功，他就可以稳稳地控制资产雄厚的九龙仓。而从李嘉诚这一方面来说，他把自己的九龙仓股票直接脱手给包玉刚，一下子可以获利数千万元。更为重要的是，他可以通过包玉刚搭桥，从汇丰银行那里承接和记黄埔的股票9000万股，一旦达到目的，和记黄埔的董事会主席则非李嘉诚莫属。

于是两个同样精明的人一拍即合，秘密地签订了一个对于双方来说都划算的协议：李嘉诚把手中的1000万股九龙仓股票以三亿多的价钱，转让给包玉刚；包玉刚协助李嘉诚从汇丰银行承接和记黄埔的9000万股股票。

表示自己退出“龙虎斗”，却通过包玉刚取得与汇丰银行合作的机会。在此番商战中，李嘉诚是最大的赢家。

曾有记者问他与包玉刚、汇丰银行合作成功的奥秘，李嘉诚表示：奥秘实在谈不上，他认为重要的是首先得顾及对方的利益，不可为自己斤斤计较。对方无利，自己也就无利。要舍得让利使对方得利，这样，最终会为自己带来较大的利益。他还说母亲从小就教育他不要占小便宜，否则就没有朋友，他认为经商的道理也应该是这样的。

世间万物都是可以互相转化的，采用让利法则不仅实现了既得利益，还能够招来更多的合作伙伴，使你的财源滚滚而来。竞争与合作的平衡统一是获得成功的重要秘诀，只看重输赢的人，不懂得双赢。因此，人们要看低输赢，学会合作互利，共同发展。

不争一时功利

胡雪岩在经商的过程中，常常会引荐前人的好方法。有一次，他听说了这样一个故事。

在雍正年间，京城有一家规模很大的药店，他们的药物质地好，连皇上都信得过他们，并允许他们给皇宫供药。

有一年，由于前一年是暖冬，没怎么下雪，一开春的时候，气候反常，所以在三月里的会试能不能顺利进行，就成了朝廷最为担心的事情。因为当时清廷招募考生，都是在科场号舍举行的，那里多为应付考试搭建的，里面空间狭窄，伸不开腿，也直不起腰。考生从开考到结束，三天不能出号舍，这样身体差一点的就会支撑不住，再加上天气的原因让很多考生的精神都变得萎靡。

根据这一年的实际情况，那家药店赶制了一批治时气的药散，并托付内阁大臣奏明皇上，说要送给每一个考生，让他们以备不时之需。雍正帝正在为会考的事情发愁，见这家药店主动为皇上解忧，自然大加赞许。于是，这家药店派专人守在考场门口，给每个考生发派药物，并且附带一张宣传单，上面印上了他们药店最有名的药物。结果，一半是因为药店的支持，另一半是由于当年考生的运气好，很少有人中场离席。由此一来，不管是中举的还是没中的，人们纷纷来这家药店买药。由于考生们来自全国各地，自此以后，全国的人都开始知道了这家药店，并且都来支持他们的生意。

只用了很少的本钱，却换来了大生意。这对于同样开药店的胡雪岩来说，是一个很好的经验，所以他效仿了这家药店的做法，也通过行善的方式，开辟出了自己的商业天地。

那个时候，社会动荡，百姓流离失所，再加上战乱，瘟疫流行，而百姓又都是贫寒之人，没什么钱来买药。于是，胡雪岩就制定出了一种策略：准备大量应急的药物，施与逃难百姓。胡雪岩还给曾国藩的江南大营送去了免费的药物，博得了曾国藩的好感。因为胡雪岩的行善举动，朝廷对胡雪岩赞赏有加，封他做了二品官员。而那些难民和士兵，都是来自全国各地的，为此全国的人都知道了有个“胡善人”。所以，胡雪岩的生意自然越做越好。

就事情的本身来说，胡雪岩虽然将大众的生死看得很重要，也表现出了他救世的热情，但是他更懂得宣传和舆论的重要。用现代人的眼光来看，胡雪岩送药之举，其实就是一种特殊的广告方式，而且是一箭双雕的上策。这要比花大量的钱在广告上来得更快，更早。

可是，很多商家看不到这其中的利害关系，宁可将大把大把的银子花在电视广告，报纸推广上，也不愿意给予受难者一点支援。其实，经商，靠的是大众的消费，只有获得了人心，才能给自己带来更大的利润。如果连一点小恩小惠都不舍得回报社会，那么受损失的也只有商家自己。

因此，要想在竞争中立于不败之地，就要学会多行善，多建功德。有时候，争千秋功德，不争一时功利，可以让自己在日后获得更加长远的利益。

避开“红海”，投身“蓝海”

有一个被引用了无数次的淘金者和卖水者的例子。

在19世纪中叶，美国加州传来发现金矿的消息。许多人认为这是一个千载难逢的发财机会，于是纷纷奔赴加州。17岁的小农夫亚默尔也加入了这支庞大的淘金队伍，他同大家一样，历尽千辛万苦赶到了加州，梦想着能够淘出哪怕一丁点儿金子去改变家人的处境。

这个梦是如此美丽，以至于越来越多的人蜂拥而至，一时间加州遍地都是淘金者，而金子自然越来越难淘。不但金子难淘，生活也越来越艰苦。当地气候干燥，水源奇缺，许多淘金者不但没有圆致富美梦，反而葬身此处。

经过一段时间的努力，小亚默尔和大多数人一样，不但没有发现黄金，反而被口渴折磨得半死。一天，望着水袋中一点点舍不得喝的水，听着周围人对缺水的抱怨，亚默尔突发奇想：既然淘金的希望如此渺茫，还不如卖水呢。于是亚默尔放弃了挖金矿，将手中挖金矿的工具变成挖水渠的工具，从远方将河水引入水池，用细纱过滤，成为清凉可口的饮用水。然后将水装进桶里，去卖给那些淘金者。

刚开始的时候，同亚默尔一起来的同伴很不理解，说他胸无大志："千辛万苦到加州来，不挖金子发大财，却干起这种蝇头小利的小买卖，这种生意哪儿不能干，何必跑到这里来？"亚默尔毫不在意，继续卖他的水。

结果，很多淘金者都空手而归，而亚默尔却在很短的时间内靠卖水赚到了几千美元，这在当时是一笔非常可观的收入。

早在19世纪中叶，小亚默尔就在无意中运用了酒吧博弈策略，在其他淘金者都选择挖金时毅然选择了卖水，取得了成功。

2005年，出现了一个崭新的词语——蓝海。蓝海思想的提出，不仅在学术界、企业界引起了巨大的轰动，甚至引起了政界的高度重视。而小亚默尔这种酒吧博弈策略正是蓝海思想在经济领域的现实运用。

"蓝海"是针对"红海"提出的。在当今的全球化经济中，竞争日趋白热化，各种竞争手段层出不穷，削价"战争"屡见不鲜。众多企业都全神贯注于你死我活的"白刃战"，不敢有一丝懈怠，因为整个竞争局势是那么刀刀见血，渲染出一片血腥的红海。若想在竞争中取得胜利，唯一的办法就是打败对手吗？其实不然。"红海"中，一些成功的企业会打破并且开拓现有的产业边界，创造出尚未开发的市场空间，于是形成一片无人竞争的"蓝海"。

尽管"蓝海"一词听上去非常新鲜，而且更多地运用在企业竞争当中，但事实上这片海洋并不遥远，而且就在我们身边。我们在生活中也应该运用蓝海思维寻找成功的路线。想一想在我们的身边有多少一度不被我们重视的人，忽然之间摇身一变，拥有了自己的财富和地位。这便是他们成功地运用了蓝海思维，在你忽视或者并不专注的地方寻找到了成功的机遇。

在生活中，我们常常会听人说，好无聊啊。譬如，打电话等待对方接听的时候，无聊；等电梯上楼，无聊；等公交车，无聊；在电脑前处理完公务，打算休息一下，无聊……可是又没什么事可做。这时，那些聪明的人来了，给我们带来一些用来打发这些无聊时间的东西，你打电话，那你就听彩铃；你等电梯，那你就看分众传媒装在电梯口墙壁上的液晶电视广告；你办完公务打算休息一下，那你就玩一会儿盛大网络的《传奇》游戏……结果，你轻松地打发了无聊时间，那些人也把你的无聊时间换成了金钱。这便是聪明人的蓝海战略。

有句话是这样说的："假如所有的人都向同一个方向行走，这个世界必将覆灭。"因此，当很多人在红海中杀得你死我活的时候，拥有蓝海智慧的人却总是能够发现别人忽略或是根本不知道的机会空间，并且善于利用和开拓。他们独辟蹊径，从小路杀到大路上，最终开辟出一片无人竞争的蓝海。由于少了竞争和阻力，他们往往比别人更有优势，因此也更领先一步。

运用蓝海思维，避开“红海”，投身“蓝海”，既可远离红海的腥风血雨，又能赢得更大的成功，在人生的竞赛中，这不失为一条良策。

适度让利才能赢得长久利益

很多时候，往后退一步，自己才能把世界看得更清楚，行动也能更加游刃有余。向前一步，看似堵住别人的入口，其实也堵住了自己的出路，所以才有“退一步，海阔天空”的说法。从整个大局来看，暂时地、部分地让步类似于象棋上弃卒保车的方法，是为了更大的利益而付出的必要代价。

做人做事，如果只为了一些蝇头微利费心费力，就只能得到蝇头微利，不可能做成大事。想要把事业做到出类拔萃，就必须把目光放长远，看到眼前的牺牲是为了更长远的发展，如此才能有魄力去做出决断。

胡雪岩在上海做生意时，上海并不稳定。一方面是因为小刀会起义后，洋人曾经对他们进行过接济，因此租界没有受到战火的影响，但是很多县城被占领了，因此清廷对洋人更为不满；另一方面，洋人曾经与太平军从事过军火交易，因此朝廷很恼怒，决定在上海设立内地海关，增加关税，对他们在上海的生意采取限制措施，颁布了禁止丝茶运往上海的禁令。

洋人和朝廷的关系很僵，但双方又不愿意如此一直僵持下去。

因为在这种局面下，洋人在上海的生意将会全面受到影响，而朝廷也就少了一道财源。胡雪岩既然想要让上海的市面活泛起来，自然想要把他们的关系打理顺当。于是他做了两件事情。

为了缓和洋人的态度，他决定把自己囤积的生丝尽快脱手。这些丝本来是他用来控制市场，垄断价格的，在这个时候脱手，他之前的心思就白费了，但他现在并不去计较这些小利益，而是在向洋人发出一个友好信号。在中国做生意的洋人通常也比较重视中国商人的态度。同时，胡雪岩还去苏州拜见时任苏州学台的何桂清，因为他自己并不能代表朝廷，还是需要官场中的人出来与洋人进行调停。

在胡雪岩这个中间人的费心努力下，两者果然休战言和，上海的市面又安定繁荣了起来。在这样安定的局面下，胡雪岩才能够真正放开手脚。否则的话，无论是开米行，还是开戏院、茶楼等，若没有朝廷的支持是不可能实现的。现在，洋人和官场达到了相互信任，胡雪岩既获得了洋人的信任，做生意多了财源，又赢得了朝廷的好感，在上海更能游刃有余。

有些人认为如果要成就大事，就要锱铢必较，每一分每一厘都要赚个干干净净，却不知道这样做很容易捡了芝麻，丢了西瓜。

在原来的时局下，胡雪岩纵然有再好的经商能力也难以得到发挥。所以他说:“与其在万般无奈的情况下撤退，倒不如主动进行战略转移，把损失降到最低限度，以图在其他方面谋发展。”他确实做到了。

胡雪岩在调停的时候，投入了大量的金钱与精力，很多人认为他是在为他人做嫁衣裳，但是胡雪岩清楚，这件事情并非与他无关。时局不安定，对于小商小贩来说是小损失，对于做大生意的他来说是大损失。因此，他在这一过程中虽然投入不少，但是他原本所追求的就不是这些小钱，而是想用小钱来换取以后事业的长足发展，这正是成功商人的高明之处。

做人一味锱铢必较，斤斤计较，虽然能暂时获得一些小利，但从长远来看，却未必是好事。只有学会适度让利，以一时的小钱来换取更大的发展空间，才能赢得长久的利益。

礼让对方，才能生生不息

有时候，要想使自己变得更强更好，你必须要善待自己的对手。这就要求你抛弃虚荣心理，主动和对方接触，你才能接近对手，并了解对手，学习对手，最终达到双赢的效果。

有个名叫西拉斯的人，在一个小镇上开了一家杂货铺。这铺子是他爸爸传下来的，他爸爸又是从他爷爷手里接过来的。他爷爷开这铺子的时候，南北两边正在打仗。

西拉斯买卖公道，信誉很好。他的钳子对镇上的人来说就像手足，不可缺少。西拉斯的儿子在长大，小铺子就要有新接班人了。

可是有一天，一个外乡人笑嘻嘻地来拜访西拉斯，情况便变得严重了！此人说，他想买下这铺子，请西拉斯自己作价。

西拉斯怎么舍得？即便出双倍价格他也不能卖！这铺子不光是铺子呀，这是事业，是遗产，是信誉！

外乡人耸耸肩，笑嘻嘻地说:“抱歉，我已选定街对面那幢空房子，粉刷一番，弄得富丽堂皇，再进些上好货品，卖得更便宜，那时你就没生意了！”

西拉斯眼见对面空房贴出了翻新告白，一些木匠在里面锯呀刨呀，有一些漆匠爬上爬下，他的心都碎了！他无可奈何却又不无骄傲地在自家店门上贴了张告白：敝号系老店，95 年前开张。

对面也换了一张告白：敝号系新店，下礼拜开张。

人们对比读了，无不哧哧暗笑。

新店开业前一天，西拉斯坐在他那阴暗的店堂里想心事，他真想破口把对手臭骂一顿，幸亏西拉斯有个好妻子。

“西拉斯，”她用低低的声音缓缓地说，“你巴不得把对面那房子放火烧了，是不是？” “是巴不得！”西拉斯简直在咬牙切齿，“烧了有什么不好？”

“烧也没用，人家保险过。再说，这样想也缺德。”

“那你说我该怎么想？”西拉斯冒着火。

“你该去祝愿。”

“祝愿天火来烧？”

“你总说自己是个厚道人，西拉斯，可一碰到切身事就糊涂。你该怎么做不是很清楚吗？你应该祝愿新店开业成功。”

“你是脑筋出了窍吧，贝蒂。”

说是这么说，西拉斯决定去一次。

第二天早晨新店还没开门，全镇人已等在外边。大家看着正门上方赫然写着“新新面货店”几个金字，都想进去一睹为快。

西拉斯也在人群中，他快快活活跨到台阶上大声说：“外乡老弟，恭喜开业，谢谢你给全镇人带来方便！”

他刚说完便吃了一惊，因为全镇人都围上来朝他欢呼，还把他举起来。大家跟他进店参观。谁都关心标价，谁都觉得很公道。那外乡老板笑嘻嘻地牵着西拉斯的手，两个生意人像老朋友。

后来，两家生意都做得兴隆，因为小镇一年年变大了。

上面这个故事给了我们一个很好的启示：

一个能容忍对手发展的人，不但是一个胸襟宽广的人，还是一个具有远见的人。让竞争对手时刻在背后激励自己，鞭策自己，使自己不能有片刻懈怠，努力向前发展，实现双赢目的，实在是再好不过了。

敢于吃亏，妥协共赢

做事有长远计划的人，不会只计较自己的获得，而是懂得在适当的时候舍弃。因为他们知道，有时候“吃亏”并不是一种灾难，只有在经历了一番舍弃以后，才能获得更多的收获。

有个年轻人，大学毕业后进入出版社做编辑，他的文笔优美，工作更是负责。那时出版社正在进行一套丛书的编辑，每个人都很忙，但老板并没有增加人手的打算，于是编辑部的人也被派到发行部、业务部帮忙。但整个编辑部只有那个年轻人能随时接受老板的调遣，其他人都不愿意帮忙。

这个年轻人说：“吃亏就是占便宜！”

事实上他做的工作似乎是费力不讨好，他要帮忙包书、送书，像个苦力一样。后来他又去业务部，参与直销工作，包括取稿、跑印刷厂、邮寄……只要有人开口要求，他都乐意帮忙。

两年过后，他自己成立了一家出版公司，公司经营得有声有色。

原来他是在吃亏的时候，把出版社的编辑、发行、直销等工作流程都摸熟了。他成了这方面的行家里手。

现在，他的公司规模越来越大，但他仍然抱着这样的态度做事。对作者，他用吃亏来换取信任；对员工，他用吃亏来换取他们的积极性；对印刷厂，他用吃亏来换取品质……

这个年轻人的确很值得人敬佩。但是在现实生活中，有几个人可以做到呢？很多人只想占便宜，不肯吃亏，那怎么可能做出成就呢？

中国古人说“将欲取之，必先予之”，说的就是吃小亏，占大便宜的道理。这种思考问题的方式是共赢思维的一种表现。人们要学会共赢思维，就要学会妥协。妥协并不是无原则，而是着眼未来。

可口可乐一开始进入中国时，向中国赠送了两条生产线，花费约100万美元。可口可乐公司宣称，这是为了让驻华使馆的工作人员可以喝到正宗的可口可乐饮料。可口可乐的这一举动，看起来是赔本买卖，其实却为它赚足了信誉和形象，现在，遍布国内的可口可乐生产线，每一条都是掏钱购买的。可口可乐将妥协的策略运用得娴熟至此，不得不让人佩服。

妥协共赢是一种战略谋划，人们应该充分领会其中的思维价值。妥协不是服从，它是不违背自己核心价值观的一种决策上的让步。总之，妥协是必要的让步，妥协是为了实现双赢、共赢。

适当地退，更好地进

聪明的人把“退”看成“进”的一种，他们懂得迂回取胜，步步紧逼并非是最佳的成功方法。以退为进是一种智谋，把进退看透的人，明白短暂的退让是前进的序曲，适当地退是为了更好地进。

李渊任太原留守时，突厥兵时常来犯。突厥兵能征善战，李渊与之交战，败多胜少，于是视突厥为不共戴天之敌。一次，突厥兵又来进犯，下属都以为李渊这次会与突厥决一死战，可李渊另有打算。他早就想起兵反隋，可太原虽是军事重镇，却不足为号令天下之地，他又不能失去这个根据地。如果离开太原西进，则不免将一个孤城留给突厥。经过这番思考，李渊派刘文静为使臣，向突厥称臣，书中写道："欲大举义兵，远迎圣上，复与贵国和亲，如文帝时故例。大汗肯发兵相应，助我南行，幸勿侵暴百姓，若但欲和亲，坐受金帛，亦唯大汗是命。"

有利可图的始毕可汗不仅接受了李渊的妥协，还为李渊送去了不少马匹及士兵，增强了李渊的战斗力。而李渊留下第三子李元吉固守太原，由于没有受到突厥的侵袭，李渊得以不断从太原得到给养，最后终于战胜了隋炀帝杨广，建立了大唐王朝。而唐朝建立之后，在唐朝军队的打击下，突厥不得不向唐朝乞和称臣。

试想一下，如若李渊为逞一时之快而贸然攻击突厥，自己的力量受损，后方也会遭受威胁。贸然"前行"必然葬送自己的前程，而暂时的退让并没有让他损失什么，还为他带来了马匹和士兵，为以后的大业储蓄了力量。

从处理事务的步骤来看，退却是进攻的第一步。现实中我们常会见到这样的事，双方争斗，各不相让，最后小事变为大事，大事转为祸事，这些往往导致问题不能解决，落得两败俱伤的结果。其实，如果采取较为温和的处理方法，先退一步，使自己处于比较有利的地位，待时机成熟，便可以退为进，成功达到自己的目的了。

英国的皮鞋商托马斯有一次受印度尼西亚一位皮鞋制造商的委托，到巴黎去开辟市场。此前，他已经对有关情况进行了了解。他认为这种鞋质量上乘，款式别致，一定会受到法国消费者的欢迎，在巴黎市场上走俏。因此，他愉快地接受了任务。

一到巴黎，他就立即去见皮鞋销售商奥斯卡丽有限公司的总裁密特朗先生。他深知密特朗先生是个商场老手，城府极深，便决定采取装憨卖傻、先退后进的办法。

果然，密特朗先生极难对付，一开始洽谈就拼命杀价，在订立契约的时候，又把价钱杀到了最低。等到交货的时候，他又趁机第三次杀价，并要求分期付款。面对密特朗的步步进逼，托马斯先是一步一步地退让，满足密特朗的要求，无形中麻痹了这位总裁的思想，使他误认为托马斯是刚“上道”的“愣头青”，放松了警惕。契约签订后，货物运来的时候，密特朗依旧把托马斯当作毛头小子，再次杀价。

谁知托马斯一反常态，坚决地说了个“不”字，并提出按先前的契约规定，他有理由向密特朗索赔。直到这时，密特朗才知道自己小看了这个小子，中了他的圈套，但此时已无力回天，密特朗不得不按托马斯的要求接受了这批货物。由于这些皮鞋物美价廉，正如托马斯所料，很快就风行法国，并且在欧洲市场站稳了脚跟。

在当今竞争激烈的社会中，每个人都想打败对手，最大限度地赢得胜利，那么，采用何种策略才能击败对手呢？以退为进无疑是一条妙计。

第十二章

今天风很大，同时太阳很好

烦恼都是自己寻来的

一位心理学家为了研究人的“烦恼”的来源，做了一个有趣的实验：他让参加实验的志愿者们在周日的晚上把自己对未来一周的忧虑与烦恼写在一张纸上，并署上自己的名字，然后将纸条投入“烦恼箱”。

一周之后，心理学家打开了这个箱子，将所有的“烦恼”还给其所属的主人，并让志愿者们逐一核对自己的烦恼是否真的发生了。结果发现，其中90%的“烦恼”并未真正发生。随后，心理学家让他们把过去一周真正发生过的烦恼记录下来，又投入“烦恼箱”。

三周之后，心理学家再次把箱子打开，让志愿者重新核对自己写下的烦恼，这次，绝大多数人都表示，自己已经不再为三周之前的“烦恼”而烦恼了。

在这个实验中，我们都会发现：烦恼这东西原来是预想的很多，出现的却很少；自认为沉重到无法负担，转瞬也便如骤雨急停。人生的烦恼大都是自己找来的，而且大多数人习惯把琐碎的小事放大。

“月有阴晴圆缺，人有悲欢离合”，自然的威力，人生的得失，都没有必要太过计较，太较真了就容易受其影响。人来到世间，不是为苦恼而来的，所以不能天天板着面孔，伤心、烦恼、失意，这样的人生毫无乐趣而言。我们应该培养自己乐观、积极、进取、欢笑、喜悦的个性，快乐地生活，远离忧愁、悲伤、苦恼。

但在生活中，我们往往很容易就被一些鸡毛蒜皮的琐事牵绊，忘记了自己的初衷，于是自生烦恼。

大刘因为工作的变动，到了一个全新的部门，这个部门似乎没有以前的部门好，于是他总是担心别人会有想法：“怎么回事，是不是犯了错误而下来的？”虽然是正常的工作调动，也是自己一直希望的，但还是担心别人会说些什么，于是待在家中好久没有露面。

有一天在大街上遇到一个熟人，问他：“你不做老总啦？调到哪儿去了？”大刘说：“不做了，调北京办事处去了。”他说：“好呀，祝贺你呢！”大刘笑笑：“有时间去玩呀。”事后，大刘心里总有一种淡淡的感觉，害怕熟人是在笑话他。

过了不久，又碰到了那位熟人，他说：“听说你不做老总了，调哪儿去了呢？”大刘诧异，心想不是跟你说过了吗？但最后还是淡淡地说：“我调北京办事处去了，有时间去玩。”他好像恍然大悟，说：“对了对了，你说过的，对不起呀，我忘了。”听了他这话，大刘心里突然明朗起来，好像一下子悟出什么来了。是呀，自己整天担心别人说什么，整天把自己当回事，而别人早把自己忘了。于是，照旧同原来一样，和朋友们一起喝酒聊天，大家还是那么热情。

其实，所有的不堪和烦恼，都是自己杯弓蛇影的自恋和自虐而已，所有的担心和疑惑，都是自己的原因。事实上，在别人的心中，自己并不是那么重要。

生活中常常碰到一些事，比如说了什么不得体的话，被他人误会了什么，遇到了什么尴尬的事，等等，大可不必耿耿于怀，更不必找所有人解释，因为事情一旦过去，没有人还有耐心去理会曾经的一句闲话，一个小的过失和疏忽。我们念念不忘的事情，说不定别人早已忘记了，不要太把自己当回事了。其实，我们也可以问问自己，别人的一次失误或尴尬，真的会总在我们的心头挥之不去，让我们时时惦记吗？我们对别人的衣食住行真的那么关心，甚或超过关心自己吗？

作家吴淡如女士曾经在她的文章中提到过这样一组数据："我们的烦恼中，有40%属于杞人忧天，那些事根本不会发生；30%是无论怎么烦恼也没有用的既定事实；另12%是事实上并不存在的幻象；还有10%是日常生活中微不足道的小事。也就是说，我们的脑袋有92%的烦恼都是自寻烦恼，活该你烦恼。只有8%的烦恼勉强有些正面意义。"

吴淡如问她的读者："看了这些数据，你要不要删除你92%的烦恼？"是啊，看了这些数据，我们是否应该主动删除自己那92%的烦恼呢？

古代的思想家王阳明说："擒山中之贼易，捉心中之贼难。"由此，我们知道，自己的敌人就在自己心里，消极懈怠、忧愁烦恼，无一不是阻碍我们精进的心魔，能将其降伏者，也只有我们自己。

不要和自己过不去

一个年轻人四处寻找解脱烦恼的秘诀。

有一天，他来到一个山脚下。只见一片绿草丛中，一位牧童骑在牛背上，吹着横笛，笛声悠扬，逍遥自在。

年轻人走上前去询问：“你看起来很快活，能教给我解脱烦恼的方法吗？”牧童说：“骑在牛背上，笛子一吹，什么烦恼都没了。”年轻人试了试，不灵。于是，他又继续寻找。

年轻人来到一条河边。看见一位老翁坐在柳荫下，手持一根钓竿，正在垂钓，他神情怡然，自得其乐。年轻人走上前去鞠了一个躬：“请问老翁，您能赐给我解脱烦恼的办法吗？”老翁抬头看他一眼，慢声慢气地说：“来吧，孩子，跟我一起钓鱼，保管你没有烦恼。”年轻人试了试，还是不灵。

于是，他又继续寻找。不久，他来到一个山洞里，看见洞内有一个老人独坐在洞中，面带满足的微笑。年轻人深深鞠一个躬，向老人说明来意。老人微笑着摸摸长髯，问道：“这么说你是来寻求解脱的？”年轻人说：“对对对！恳请前辈不吝赐教。”老人笑着问：“有谁捆住你了吗？”“……没有。”“既然没有捆住你，又谈何解脱呢？”

年轻人一直渴望摆脱烦恼，起初像牧童一样骑在牛背上吹笛，后来像老翁一样在柳阴下垂钓，但都没有效果。最后来到山洞里，老人的一句话将他点醒，“既然没有捆住你，又谈何解脱呢？”

生活中有许多习惯忧虑的人就是如同这年轻人一样，不肯让自己放松下来，老爱自己找麻烦，和自己过不去。当他们在感慨活着真累的时候，不知有没有想过，生活本来无意与你作对，和你过不去的一直是你自己而已。

其实，我们都有烦恼忧虑的时候，但事实上，快乐是自找的，烦恼也是自找的。如果你不给自己寻烦恼，别人永远也不可能给你烦恼。所以，每当你忧心忡忡的时候，每当你唉声叹气的时候，不妨把你的烦恼写下来，看看它是否值得我们忧虑。如果值，我们就寻找解决问题的办法，如果不值，又何必费神呢？人生在世就只有短暂的几十年，不必对自己苦苦相逼。尝试对自己微笑一下，和自己握手言和吧。把烦恼当作衣上的尘埃，随时洗拂，常保洁净，这也是人生的一种智慧和快乐。

美国成功学大师卡耐基曾在拉赖因号轮船上举办过一场演讲会。他在演讲中说道："当你感觉到内心有压力和烦恼时，不妨走到船尾去，把烦恼的事一一说出，然后把它们抛掷到汪洋大海中，注视着它直到它消逝不见。"这个建议乍听起来仿佛有一点荒诞和幼稚，但是当晚却有一个人跑来对他说："我按照你的话去做了，结果觉得心中非常舒畅，这实在是件令人吃惊的事呀！"这人还继续说道，"待在船上的这段时间里，我天天在日落的时刻，把一切恼人的烦忧抛入大海，直到自己觉得完全没有一丝烦恼为止。同时我也日日注视着这些烦恼消失于时间的大海里！"

每个人都希望自己的生活过得一帆风顺，轻轻松松，简简单单，然而现实却有重重压力：追求的失落、奋斗的挫折、情感的伤害……都让我们的心灵背上了沉重的负荷。面对压力，要想获得平和的心，有一个最重要的方法，那就是注意为自己的心灵留下适当的空白，使自己的内心保持一定的余裕。

事实上，刻意地使心灵空白的确能有效地为人们带来心安的感受。在这个过程中你可以将头脑中忧虑、不安、沉重、憎恶等不良情绪“清空”，取而代之的是愉悦、安定、轻松、满足的心境。

清空内心的烦恼和忧虑，可以使我们从压力中解脱出来，当然，仅使心灵空白还是不够的，必须加进一些内容才可，因为人的心灵不能永远呈现空白而毫无内涵，否则，曾经丢弃的消极想法极有可能又会重新钻入你的思想之中。因此，我们必须在心灵呈现空白的同时，立即注入富含创新性、健康向上的想法。这样一来，那些负面的想法就无法再对你造成任何影响。久而久之，那些重新注入脑中的新想法将在你的思想中生长，而且能击退任何负面的想法。那时你的心灵将远离压力的困扰，永葆平和。

破除“我执”烦恼无

我们常常习惯说：我的钱、我的面子、我的家、我的儿子、我的财产、我的父母、我的妻子、我的丈夫、我的名誉、我的身体……“我”的观念从不淡薄，“我执”深重，处处计较，经常耿耿于怀，免不了执着加深，于是一切的烦恼痛苦，也就日益渐增，接踵而来。而“我执”一旦破除，则一切烦恼痛苦事立刻消失，快乐心情当下显现。

庸人自扰，自寻烦恼；愚人自缚，自绑天足。这是世间不断上演的悲剧。我们常常像蚕蛹一样，忙碌地为自己编织一个精致难破的茧。用一个成语来形容，就是“作茧自缚”。殊不知，过于执着于自我，就会让人常被外物牵着鼻子走。

宋代文学家苏东坡到金山寺和佛印禅师打坐参禅，苏东坡觉得身心通畅，于是问禅师道：“禅师！你看我坐的样子怎么样？”

“好庄严，像一尊佛！”

苏东坡听了非常高兴。

佛印禅师接着问苏东坡道：“学士！你看我坐的姿势怎么样？”

苏东坡从来不放过嘲弄禅师的机会，马上回答说：“像一堆牛粪！”

佛印禅师听了也很高兴！

禅师被人喻为牛粪，竟无以为答，苏东坡心中以为赢了佛印禅师，于是逢人便说：“我今天赢了！”

消息传到他妹妹苏小妹的耳中，妹妹问道：“哥哥，你究竟是怎么赢了禅师的？”

苏东坡眉飞色舞，神采飞扬地如实叙述了一遍他与佛印的对话。

苏小妹天资聪颖，才华出众，她听了苏东坡得意的叙述之后，说道：“哥哥，你输了！禅师的心中有佛，所以他看你如佛；而你心中有牛粪，所以你看禅师才像牛粪！”

苏东坡哑然，方知自己禅功远不及佛印禅师。

苏东坡为什么会输给佛印？原因就在于他心中还有一个执着于“我”的羞耻心，听佛印禅师说自己是佛就喜笑颜开；苏小妹指明了他看佛印禅师像牛粪，是因他自己心中有牛粪时，就自然惭愧失笑。

人总是趋向于保护自我，相信自我，信赖自己的感觉，凭自己旧有的经验行事，将自己抓得紧紧的。殊不知，世人所执着的“我”

并不是那个真我，而是自性的一个幻影。因此，人类社会发展到当今，给我们的启示是：要用智慧去庄严一切，不要用我执、我见去分裂。那么如何放弃“我执”心呢？

有一个关于禅宗的故事：

一次，药山禅师在山上散步，看到了两棵树，一棵很茂盛，另一棵却已枯萎。

这时，药山禅师的两位徒弟道吾禅师和云岩禅师恰巧走过来，药山禅师就问他们：“你们看哪一棵树好看？”

道吾禅师首先说道：“茂盛的这棵好看！”药山禅师听后，点点头。

云岩禅师接着便说：“我倒是觉得枯的那棵好！”药山禅师听后也点点头。

侍者不解地问药山禅师：“师父，您都点头，到底哪一棵好看啊？”

药山禅师于是反问侍者说：“那么，你认为哪一棵好看呢？”

侍者想了想，回答道：“枝叶茂盛的那棵固然生气勃勃，枝叶稀疏的那棵也不失古意盎然。”药山禅师听后微笑不语。

确实，真正的禅者不会以“我”的标准和偏见去要求万物，因此在他们的心中，万物平等，并没有高下之分，没有善恶美丑、高下贵贱的分别，因此荣枯一样美好。

破除“我执”也是如此，首先要冲出“我”的束缚，打破私欲，拓宽胸怀，提升境界，经常反省自我，学会站在他人的角度看问题，学会关爱他人，关爱有情众生，甚至关爱无情众生。这就是《金刚经》里所讲的：“无我相，无人相，无众生相，无寿者相。”只有这样，才能真正破除“我执”。破除“我执”后，顺本心而游于万物，自能烦恼不生，心莲绽放。

放开双手，让烦恼落下

在我们生活的这个社会中，“我好烦啊”已成了人们的口头禅，不经意间都会听到朋友对着你这样抱怨。

那大家都在烦什么呢？“最近比较烦，比较烦，比较烦，总觉得日子过得有一些极端，我想我还是不习惯，从默默无闻到有人喜欢。最近比较烦，比较烦，比较烦，总觉得钞票一天比一天难赚，朋友常常有意无意调侃，我也许有天改名叫周转。最近比较烦，比较烦，比较烦，我看那前方怎么也看不到岸，那个后面还有一班天才追赶……人生总有远的近的麻烦，太太每天嫌我回家太晚。女友妈妈嫌我长得寒酸，虽然我已每天苦干实干。……太太发现秘书裙子很短，她就买了八千块的耳环，女儿太胖儿子不肯吃饭，车子太烂银行没有存款。……我的头发只剩下从前的一半，每天的工作排得太满，女生有些高不可攀。”这歌词是不是就是你烦恼的真实写照呢？

这样看起来，每个人都有每个人的烦恼，似乎烦心事还挺多，但是，“管它什么天大麻烦，久而久之我会习惯，天下没有不要钱的午餐……”生活就是琐事码成的，如果事事都要烦心，那也就没有活着的乐趣了。

“烦死了，烦死了！”一大早就听王宁不停地抱怨。一位同事皱了皱眉头，不高兴地嘀咕着：“本来心情好好的，被你一吵也烦了。”

王宁现在是公司的行政助理，事务繁杂，是有些烦，可谁叫她是公司的管家呢，事无巨细，不找她找谁呢？其实，王宁性格开朗，工作起来认真负责，虽说牢骚满腹，该做的事情，一点也不曾拖延。

设备维护、办公用品购买、交通信费、买机票、订客房……王宁整天忙得晕头转向，恨不得长出八只手来。再加上为人热情，中午懒得下楼吃饭的人还请她帮忙带外卖。

刚交完电话费，财务部的小李来领胶水，王宁不高兴地说："昨天不是来过吗？怎么就你事情多，今儿这个，明儿那个的？"抽屉开得噼里啪啦，翻出一个胶棒，往桌子上一扔，说："以后东西一起领！"小李有些尴尬，又不好说什么，忙赔笑脸说："你看你，每次找人家报销都叫亲爱的，一有点儿事求你，脸马上就长了。"

大家正笑着呢，销售部的王娜风风火火地冲进来，原来复印机卡纸了。王宁脸上立刻晴转多云，不耐烦地挥了挥手说："知道了。烦死了！和你说一百遍了，先填保修单。"王宁单子一甩，接着说："填一下，我去看看。"

王宁边往外走边嘟囔："综合部的人都死光了，什么事情都来找我！"对桌的小张气坏了："这叫什么话啊？我招你惹你了？"

态度虽然不好，可整个公司的正常运转真是离不开王宁。虽然有时候被她抢白得下不来台，也没有人说什么。怎么说呢？这不是她应该尽心尽力做好的吗？可是，那些"讨厌""烦死了""不是说过了吗"……实在是让人不舒服。特别是同办公室的人，王宁一叫，他们头都大了。"拜托，你不知道什么叫情绪污染吗？"这是大家的一致反应。

年末的时候公司民主选举先进工作者，大家虽然觉得这种活动老套可笑，暗地里却都希望自己能榜上有名。奖金倒是小事，谁不希望自己的工作得到肯定呢？领导们认为先进非王宁莫属，可一看投票结果，50多份选票，王宁只得12票。

有人私下说："王宁是不错，就是嘴巴太厉害了。"王宁很委屈："我累死累活的，却没有人体谅……"

王宁之所以没有得到大家的体谅，就在于她平常总是抱怨连天，带着不良的情绪去工作，久而久之，不但自己觉得烦，别人也会觉得她很烦，这对于她而言也是得不偿失的。其实只要王宁能看开些，不要紧紧抓住生活中的琐事和烦恼不放，那么她也会过得更舒心些的。

眼睛总盯着烦恼的人，是不可能再腾出时间来思考和行动的，只有停止烦恼，才能发现工作和生活中的闪光点，使我们周围的人际关系变得更加祥和、美好。

改变心境，发现美好

一个人具有什么样的心态，就可以成为一个什么样的人，就能够拥有一个什么样的人生。人有时可以通过改变自己的心境来改变自己的人生，对于身处逆境中的人来说更是如此。且看如下一则故事：

有一位经营服装批发的商人，由于经营不慎，赔了几笔生意。为此他整天心情郁闷，每天晚上都睡不好觉。妻子见他愁眉不展的样子十分担心，就建议他去找心理医生看看，于是他前往医院去看心理医生。

医生见他双眼布满血丝，便问他："怎么了，是不是受失眠所苦？"商人说："可不是吗？"心理医生开导他说："这没有什么大不了的！你回去后如果睡不着就数数绵羊吧！"商人道谢后离去了。

过了一个星期，他又来找心理医生。他双眼又红又肿，精神更加不振了，心理医生非常吃惊地说："你是照我的话去做的吗？"商人委屈地回答说："当然是呀！还数到三万多头呢！"心理医生又问："数了这么多，难道还没有一点睡意？"商人答："本来是困极了，但一想到三万多头绵羊有多少毛呀，不剪岂不可惜。"心理医生于是说："那剪完不就可以睡了？"商人叹了口气说："但头疼的问题来了，这三万头羊毛所制成的毛衣，现在要去哪儿找买主呀？一想到这儿，我更睡不着了！"

无论做人还是做事，我们都要想得长远一些。这位商人，若是想到他以后还有那么长的人生之路要走，无须想到这么多无谓的事情，故事的结局就不会是这样的了。

大凡终日烦恼的人，实际上并不是遭遇了多大的不幸，而是自己的内心对生活的认识存在着片面性。真正聪明的人即使处在烦恼的环境中，也能够自己寻找快乐。

战时，汤姆森太太的丈夫到一个位于沙漠中心的陆军基地去驻防。为了能经常与他相聚，她搬到基地附近去住。

那实在是个可憎的地方，她简直没见过比那更糟糕的地方。她丈夫外出参加演习时，她就只好一个人待在那间小房子里。那儿热得要命——仙人掌阴影下的温度都高达华氏125度，没有一个可以谈话的人。风沙很大，到处是沙子。

汤姆森太太觉得自己倒霉透了，觉得自己很可怜，于是她写信给她父母，告诉他们她放弃了，准备回家，她一分钟也不能再忍受了，她宁愿去坐牢也不想待在这个鬼地方。她父亲的回信只有三行，这三句话常常萦绕在她的心中，并改变了汤姆森太太的一生：有两个人从铁窗朝外望去，一个人看到的是满地的泥泞，另一个人却看到满天的繁星。

她把父亲的这几句话反复念了多遍，忽然间觉得自己很笨，于是她决定找出自己目前处境的有利之处。她开始和当地的居民交朋友，他们都非常热心，当汤姆森太太对他们的编织和陶艺表现出极大兴趣时，他们会把那些舍不得卖给游客的心爱之物送给她。她开始研究各种各样的仙人掌，顶着太阳寻找土拨鼠，观赏沙漠的黄昏，寻找 300 万年以前的贝壳化石。

她发现的这片新天地令她既兴奋又刺激。于是她开始着手写一本小说，讲述她是怎样逃出了自筑的牢狱，找到了美丽的星辰。

汤姆森太太成了一个快乐的人，她终日保持着微笑，也因此赢得了当地人的喜爱。

是什么给汤姆森太太带来了如此惊人的变化呢？原因就在于她自己心境的改变。她改变了自己的消极观念，开始去尝试发现生活中的美好，也正是这种改变使她有了一段精彩的人生经历。

人生短暂的几十年，在时间长河中也不过是转个弯而已。这样短暂的生命，我们是用自己的一生和烦恼牢牢捆绑在一起，还是轻松地面对输赢，微笑面对挑战？答案似乎不言而喻。同样是生活，为什么要被烦恼囚禁，放不开手脚？即便踢球踢不过别人，或唱歌经常跑调跑得拉不回来，这又怎么样？谁说这样的人就不能踢球，就不能唱歌？

苏轼几百年前的声音还在耳边：旁观拍手笑疏狂，疏又何妨？狂又何妨？所以还有什么好烦的，就让别人嘲笑去，你兀自享受你当下该享受的快乐。

学会遗忘天地宽

记忆，是人类最伟大的财富，是它让我们有那么多的关于生活和生命的感受：酸甜苦辣，各有滋味。然而，人们应当学会记忆生活中那些快乐的事，遗忘生活中那些痛苦和烦恼的事，这样，你才能每一天都快乐。

《列子 · 周穆王》里就记载了一个因记忆而苦，因遗忘而乐的故事：

宋国有个叫华子的人患了遗忘症，“朝取而夕忘，夕与而朝忘，在途则忘行，在室则忘坐，今不识先，后不识今”“荡荡然不觉天地之有无”。后经一神医治好了病，使其把平生数十年的存亡得失、哀乐好恶都记忆起来，回到了现实的人生。但他又记得太牢，“忧忧万绪，须臾不忘”，以致怒而黜妻罚子，操戈逐人，弄得鸡犬不宁，还不如患遗忘症时活得开心。

在生活中，总有那么多琐事，总有那么多不如意，又何必统统都锁在心里，倒不如学会遗忘，将烦恼放逐，只有这样我们才能开心地生活。只有学会遗忘，方能将失望变成乐趣，将抑郁升华为一种欢悦。

人是群居动物，社会是群体现象，而人与人又如此不同，因此，人们难免在和他人相处时发生一些不愉快的冲突。此时，为了使自己的身心张弛有度，也为了能和周围的人与事融洽相处，学会遗忘是生活中必不可少的。

生活中有很多的事情会给我们带来困扰，比如朋友间的无端猜忌、亲人之间的误解争执、恋人间的情感纠葛、夫妻间的小小口角等，如果我们耿耿于怀，那么我们的生活将充满怨忧。但如果学会宽容，学会遗忘，生活将会变得轻松，你就会感觉到遗忘确实是一剂良药。

有一个女孩不幸得了白血病，命不久矣，但她总是笑呵呵的，即便多次化疗已经使得她的头发掉光了，她也能微笑着欣赏自己的光头，对自己说："想不到我剃光头还挺好看的嘛。"她还时常给病房的病友们讲笑话，逗大家开心，人们都很喜欢她。她还对自己的父母说："等我走的那一天，你们一定不要哭，要笑着为我送别，因为我是去天堂做天使，我想，天使都有美丽的头发吧。"

在她弥留时，她的父母早已哭成了泪人，女孩却只微微地动了一下手中的本子，示意着让母亲看，那是女孩的日记本。走到女孩的面前，母亲笑了，是带泪的笑。女孩也笑了，是欣慰的笑，然后女孩缓缓地闭上了眼睛。

女孩的日记本写着这样的话："亲爱的爸爸妈妈，你们千万不要为我流泪，为我伤心。忘记我的离去就等于我在你们心中活着，我是太阳的孩子，我的心中充满阳光，请你们在我离别的时候笑一下，让我生命的最后一刻也印上太阳的微笑吧！"

女孩真正地理解了生命的意义，她懂得：不能给别人带来快乐幸福的东西，就应遗忘。

在人生的旅途中，有太多的成与败、得与失、恩与怨、是与非等，若都牢记心中，任凭那些伤心事、烦恼事纠结于脑际，那就等于给自己套上了沉重的枷锁，背上了不可卸载的包袱，就会活得很苦、很累，生命之帆就会偃旗息鼓，就会在茫茫的大海中迷航、触礁，甚至倾覆。而遗忘的好处在于你可以过得自在，过得轻松。

有句话说得好：如烟往事俱忘却，心底无私天地宽。遗忘是一种能力，对已经过去的无关紧要的事物，要糊涂一点，健忘一点，朦胧一点。及时将这些东西像清理电脑病毒一样删除出去，不让它们在大脑中占有一席之地。一个人学会了遗忘，就是学会了如何健康地生活，就能让自己精力充沛地面对现在，创造生命亮丽的风景线。

有位智者和一位朋友结伴外出旅行。行进在一个山谷时，智者一不留神跌倒在悬崖边，他的朋友拼尽全力拉住他，把他救了上来。智者得救后执意在石头上镌刻下这件事情。有一天，在海边，两个人为一点儿小事争吵起来，朋友一怒，给了智者一个耳光。智者捂着发烧的脸颊，说："哼，我一定记下这件事！"于是他找来一根棍子，在退潮的沙滩上写下了这件事。朋友看后感到疑惑，智者笑了，说："我告诉石头的都是我唯恐忘记的事，而我告诉沙滩的，都是我唯恐记住的事，我要让沙滩替我忘记，就这样。"

瑞典著名心理学家拉尔森说过这样一句话："心理存在'毒素'的人永远不会感觉到生活的美好，而排除'毒素'的最好方法就是学会遗忘。"

生命中，有些能够遗忘的就遗忘，只要能还心灵一份宁静，轻松活着总比带着怨恨活着好。如果你还是看不开，想不开，那就这样安慰自己吧：我们是为关心我们的人而活着的，不是为了伤害我们的人而活着。活着就已经很好了，就让往事都随风而去。

在现实生活中，我们常会看到这样一种现象：有些人记忆力总是特别好，把一些鸡毛蒜皮、零零碎碎的事都记得一清二楚，对什么事都斤斤计较，耿耿于怀，结果不但精神萎靡，而且一副病秧子的模样；一些人则看得很开，该忘的统统都忘记，精力充沛，朝气蓬勃，身心健康。由此可见，遗忘不仅是一种风度，还是一种健康的生活方式。

心若清净，凡事简单

心若清净，凡事简单。如此，才能尽享生命的清闲之福。可是世界上的人有清闲不肯享受，有好身体，也要去消耗掉，而且真到了清闲暇满，自己反而悲哀起来。这类人内心是喧嚣的，他不知道清净的感觉，不懂清闲的滋味，因此也只能活在烦恼的世界里。

赵州和尚问新来的僧人：“你来过这里吗？”

僧人答：“来过！”

赵州和尚便对他说：“吃茶去！”

又问另一个新来的僧人：“你来过这里吗？”

僧人答：“没有。”

赵州和尚也对他说：“吃茶去！”

在一旁的院主奇怪地问：“怎么来过的叫他去吃茶，没有来过的也叫他去吃茶呢？”

赵州和尚又叫：“院主！”院主答应了一声。赵州和尚对他说：“走，吃茶去！”

心若清净才能有心思吃茶，才能品出茶的美好。一个想得太多的人，心灵如同投进石子的湖面，波纹带走了原来的平静。偶尔为之没有关系，若常常如此，心湖没有静止的时候，那他的人生真是极其可悲了。是内心清净的人，不会想太多，亦不会要求太多，就像母体中的婴儿，处于一种无可无不可的快乐无忧的境界。

唐朝时，有一位懒瓒禅师隐居在湖南南岳衡山的一个山洞中，他曾写下一首诗，表达他的心境：

世事悠悠，不如山岳，卧藤萝下，块石枕头；

不朝天子，岂羡王侯？生死无虑，更复何忧？

这首诗传到唐德宗的耳中，德宗心想，这首诗写得如此洒脱，作者一定也是一位洒脱飘逸的人物吧！应该见一见！于是就派大臣去迎请懒瓒禅师。

大臣拿着圣旨东寻西问，总算找到了懒瓒禅师所住的岩洞。见到懒赞禅师时，正好瞧见禅师在洞中生火做饭。大臣便在洞口大声说道：“圣旨到，赶快下跪接旨！”洞中的懒瓒禅师，却装聋作哑地毫不理睬。

大臣探头一瞧，只见懒瓒禅师以牛粪生火，炉上烧的是地瓜，火愈烧愈炽，整个洞中烟雾弥漫，薰得懒瓒禅师鼻涕纵横，眼泪直流。大臣忍不住说：“和尚，看你脏的！你的鼻涕流下来了，赶紧擦一擦吧！”

懒瓒禅师头也不回地答道：“我才没工夫为俗人擦鼻涕呢！”

懒瓒禅师边说着边夹起炙热的地瓜往嘴里送，并连声赞道：“好吃，好吃！”

大臣们凑近一看，惊得目瞪口呆，懒瓒禅师吃的东西哪是地瓜呀，分明是像地瓜一样的石头！懒瓒禅师顺手捡了两块递给大臣，并说：“请趁热吃吧！世事都是由心生的，所有东西都来源于知识。贫富贵贱，生熟软硬，你在心里把它看作一样不就行了吗？”

大臣看不惯禅师这些奇异的举动，也听不懂那些深奥的佛法，不敢回答，只好赶回朝廷，添油加醋地把懒瓒禅师的古怪和肮脏禀告皇帝。德宗听后并不生气，反而赞叹地说道：“我们国内能有这样的禅师，真是我们大家的福气啊！”

懒瓒禅师的眼中没有富贵贫贱，没有生熟软硬，万物在他心里都是一样的，他的心是真正清净的，是没有分别的。

一个人的大清净，不是寂静无声，死气沉沉，而是看透繁华后的狂欢喜。当落英成泥，漫天的白雪便是最美的景色；当地瓜不在，周围的石头也能在心中散发出地瓜的香甜。一心清净，即使是冰天雪地，万物沉眠，心里的莲花也能处处开遍。

人生没有时间老

古语说："山中方一日，世上几千年。"此语有民间流传的故事为证。

晋代王质砍柴的时候到了石室山中，看到几位童子，有的在下棋，有的在吟唱。王质走近，童子把一个形状像枣核一样的东西给王质，他吞下了那东西以后，腹中不饥，便静静看了一局棋。棋局散罢，一个童子对他说："你为什么还不走呢？"王质起身之时，看到自己斧子的木柄已经完全腐烂了。等他回到家中，与他同时代的人都已经不在人世了。

我们虽然体会不到"山中方一日，世上几千年"的神奇，但是人生如白驹过隙，瞬间消逝。我们应该如何在这有限的时间里获得最大的幸福？

人的时间有限，然而才能无限。我们不要把时间浪费在无所谓的嗟叹和自寻烦恼上，而应认识自己，安于自己所走的路，珍惜时间，把每一秒都做最有效的运用。若能如此，即使年老体迈，也依然能够保持年轻的激情与活力。

世间最可怕的衰老是心态的衰老，虽然我们拥有一个年轻的体魄，却怀有一颗衰老的心，那这会比我们有一个衰老的身体还要可悲。没有什么可以阻挡前进的脚步，擦亮眼睛，轻装前行，每一天我们都能够看到路边不同的风景，嗅到清新的空气。

时刻保持年轻的心态，即使冬天万木凋零，也依然能够看到满眼的青翠，生命之树将与之常青。

佛光禅师门下弟子大智，出外参学二十年后归来，正在法堂里向佛光禅师述说此次在外参学的种种见闻。佛光禅师以慰勉的笑容倾听着，最后大智问道："老师，这二十年来，您老一个人还好吗？"

"好！很好！讲学、说法、著作、写经，每天在法海里泛游，世上没有比这更欣悦的生活，每天，我忙得好快乐。"

大智关心地说："老师，你应该多一些时间休息！"

夜深了，佛光禅师对大智说道："你休息吧！有话我们以后慢慢谈。"

清晨，还在睡梦中，大智隐隐听到佛光禅师禅房传出阵阵诵经的木鱼声。

白天，佛光禅师总不厌其烦地对一批批来礼佛的信众开示，讲说佛法；夜晚禅师不是批阅学僧心得报告，便是拟定信徒的教材，每天总有忙不完的事。

好不容易看到佛光禅师刚与信徒谈话告一段落，大智争取这一空当，抢着问佛光禅师道："老师！分别这二十年来，您每天的生活仍然这么忙着，怎么都不觉得您老了呢？”

佛光禅师道：“我没有时间觉得老呀！”

“没有时间觉得老”，正如一句哲语所说：越是忙碌的人，时间就越多；也像先圣所言：“其为人也，发愤忘食，乐以忘忧，不知老之将至。”禅者的人生观，也是如此。佛光禅师就是这样一位领悟了禅宗真谛的圣人，他将诵经礼佛、弘法传道当作是自己生命中必须承担的责任，并默默地将这份重担挑在肩头，不以为苦，反以为乐。

当我们将全部的生命与精力投入到有意义的生活中时，哪里还有时间去关注自己鬓角催生的白发、额上乍现的皱纹和生活中无尽的烦恼呢？

佛学禅宗中经常说的“一念万年，万年一念”的境界即是说明时光的飞逝，所以我们每一分一秒都应该拿来做有意义的事，将时间的观念转化为一件件充实的事情。

人活在世上，往往有两种状态，一种是常常觉得时间紧迫，光阴像细沙一样从指缝间滑落，越是急切地想要将它抓住，它流逝得越快；另一种是看破了生命的无常后归于淡定与从容，美与丑、乐与忧对于他们而言都是弹碰即破的气泡，并不能对生活造成什么实质的影响，云烟过眼，他们却往往能够明白生命的真谛。

生活如此美好，睿智的人从来不会慨叹。我们随着快速流逝的生命朝前奔跑，从来不担心衰老。没有时间觉得老，每一秒钟都可能创造一个奇迹，每一天都会是一个崭新的开始。所以，不必伤春悲秋，受烦恼左右，把握住时间，就能把握住生命。

第十二章

在坚硬的世界里，修得一颗自在心

扛起来，挺过去

《士兵突击》里有这样一段情节：

钢七连被整编了，战友都走了，只剩下许三多和连长。偌大个连队，瞬时空空如也，除了黑暗就是寂静，还有空气中充斥的压抑，几乎要把人压得喘不上气。它似乎又在体内向外膨胀，但又找不到溢出的缝隙。

许三多在那一晚，精神经历了一番前所未有的磨砺。从进入钢七连的那一天起，许三多就在承受着超过他人数倍的压力。从史今退伍，自己被逼当了代理班长，到战友陆陆续续地复员、调离，许三多经历了一次又一次重创。今天的自己，又该何去何从？许三多感觉自己被掏空了，哪怕是一棵小小的稻草都有可能将自己压趴。

伍六一临走时留下的明信片就在手边，他说：班长说，顶不住了就给他写信。许三多想了又想，终于落笔："班长，六一说顶不住就给你写信，我早顶不住了……"

许三多怔了一会儿，又换了张信纸：“六一说顶不住就给你写信，不知道该不该写，因为我不知道还能不能顶住……”

最后，许三多收起了信纸，放弃了写信的打算，他说：“那天晚上明白一件事，顶得住和顶不住是个选择题，我们没有选择顶不住的权利，这个答案在入伍第一天就已经定下了。”

许三多知道自己别无选择，他只能挺起不算宽阔的胸膛，直起不算挺拔的脊梁，逼着自己去担当。士兵就应该这样，优秀的人也应该这样。

压力一定存在，重要的是你能不能以一颗坚强的心去面对，“世界上没有能喝的人，只有能扛的人。”扛起来了，就能挺过去；扛不起来，就很有可能一败涂地。试问，哪一个成功者不是承受了各方的压力，最终超越压力，甚至将压力巧妙地转换为动力而获得成功的?

2004 年雅典奥运夺冠之后，刘翔的身上满载着荣誉的光环，采访、签名、会客、广告拍摄等事宜几乎占满了他训练之外的全部时间。他每天都在疲累中度过，只能睡五六个小时，连剪头发都要问理发店隐不隐蔽。用刘翔自己的话说：“成了奥运冠军，我没了自由。”有人怀疑，这样忙碌的生活，刘翔还能有系统的训练吗？在安徽合肥举行的全国田径大奖赛，他的成绩是 13 秒 44。有人就很失望，说刘翔退步了。

刘翔平静地面对着生活的改变，虽然他也感觉到成名的疲惫，但是在这个充满竞争的世界，人不可能逃避压力，如果无法避开压力，就只能学会去承受。雅典奥运会的金牌让刘翔成为焦点，这已经是一个无法改变的事实，他只有接受它。在适应外界压力的同时，刘翔努力使自己在这样的压力环境下，还能专心低调训练，踏踏实实，一步一个脚印去接近自己心中的目标，在训练中提高效率。对于越来越多的社会活动，意义不大的，他能推就推掉，实在推不掉的，他也就抱着快乐的心态把它们完成。

他很清楚，自己是个运动员，他的目标是破世界纪录。很快，刘翔便给了人们一个满意的答卷，2006 洛桑大奖赛，刘翔以 12 秒 88 的成绩打破了世界纪录，用自己的行动证明，他并没有因成名而累，相反却将成名的压力转化为动力，使自己变得更加卓越。就在不久前，罗伯斯以 12 秒 87 的成绩打破了刘翔的世界纪录，刘翔依然淡定地说："等到奥运再见分晓。"

就这样轻松地将压力转给别人，在刘翔的心里，也许已经计划好了一场超越。他懂得如何不为压力所累，因为路在远方。

"我是刘翔，我相信。"朴实中带着自信的言语，又怎能让人怀疑呢?

在现实中，你是否还在为自己的小成绩而沾沾自喜？又是否为自己的小错误而引咎自责？别让这些过往成为不必要的心理负担，只要你把心态放平，扎扎实实地继续努力，在本职岗位上才能终成大器。勇敢地承受压力，利用压力，让自己重新起跑。

伍六一曾提醒许三多，军队是一个适者生存的地方。人生又何尝不是？生活中的压力甚至比军队更残酷，更复杂，它就像只无形的手，总是攫住你，让你无处可逃。但有压力对人并非只是一件坏事，很多时候，我们需要一种力量来推动我们，就像慢马需要马蝇一样。适当的压力能激发出你的潜力，遇到压力最简单的解决办法就是：勇敢迎接它，告诉自己——我扛得住。

接纳压力，相信自己

压力是人的内心深处的一种情感体验，当我们感到有压力的时候，我们往往会有一种压迫、焦虑和要逃避的感觉。然而很多时候，我们只能选择承受。慢慢的，当我们适应了这种压力，我们才发现，人的潜能原来有这么大。

感谢压力这只挖掘潜力的发动机，总是让我们在看似无处可逃中想出办法突围，从而给自己一片广阔的天空；感谢压力这让人挑战极限的良药。压力使我们自醒；压力使我们发现不足；压力使我们感受到了忙碌中的快乐，劳累中的喜悦；压力使我们的心灵得到升华，素质得到提高，能力得到加强，作用得到发挥，价值得到体现。

因为有了压力，我们才能不断用知识充实自我；才能不断去挖掘自身的能量；才能不断在挑战自我中获得成功；才能不断去享受别人无法体会到的甜蜜。收获，源于压力。

有一天某个农夫的一头驴子，不小心掉进一口枯井里，农夫绞尽脑汁想办法救驴子，但几个小时过去了，驴子还在井里痛苦地哀嚎着。最后，这位农夫决定放弃，他想这头驴子年纪大了，不值得大费周章去把它救出来，不过无论如何，这口井还是得填起来。

于是农夫便请来左邻右舍帮忙一起将井中的驴子埋了，以免除它的痛苦。农夫的邻居们人手一把铲子，开始将泥土铲进枯井中。

当这头驴子了解到自己的处境时，刚开始哭得很凄惨。但出人意料的是，一会儿之后这头驴子就安静下来了。

农夫好奇地探头往井底一看，出现在眼前的景象令他大吃一惊：

当铲进井里的泥土落在驴子的背部时，驴子的反应令人称奇——它将泥土抖落在一旁，然后站到铲进的泥土堆上面！就这样，驴子将大家铲倒在它身上的泥土全数抖落在井底，然后再站上去。

很快地，这只驴子便得意地上升到井口，然后在众人惊讶的表情中快步地跑开了！

越多的压力会带来越多的求生动力，聪明的驴子正是靠着这种在压力下产生的求生动力突围解救了自己。所有的压力都是如此，它们是一块块的垫脚石，只要我们锲而不舍地将它们抖落掉，然后站上去，那么终有一天我们会有最坚强的意志去面对最大的压力和困境，改变当初的命运。

如果我们以肯定、沉着、稳重的态度面对压力，认真地思考而不是绝望地等死，那么助力往往就潜藏在其中。

其实人生就像是一个大气球，永远不会在疲沓下向上飞扬，直冲九天，而压力就是让这个气球飞翔的源泉，只有在压力下把自己由平庸变成伟大，才能在人生中永远立于不败之地。

面对压力，永远感恩，并且微笑着接纳，相信自己一定能做得更好。

用“沙漏哲学”过滤压力

现代生活中，事业和家庭的双重责任让很多人无法承受。诅咒压力、憎恶压力，在压力中消沉，甚至在压力中崩溃，选择一些极端的解决方式，这样的例子不胜枚举。

压力到底是一种什么样的东西，可以有如此大的摧毁力？压力来自方方面面，工作的繁重、生活中的各种琐事、情感纠葛、紧张的人际关系都可能造成压力，让你感觉到一种“备战状态”，精神高度紧张，随时等待着灾祸的发生。

绝大多数社会人都面临着相似的境况，尤其是金融危机来临之后，大家都在担心自己的饭碗能否保得住，高额的房贷如何偿还，父母子女等待供养……可以说，承受着压力是一个现代人的常态。但问题是，一些人似乎能够承受，而另一些人却被压力击垮。究其原因，外部压力只是很小的一部分原因，更大的原因来自于自我。也就是说，是我们自己让自己的心灵背负了沉重的压力。

其实完全没有心理压力的情况是不存在的。如果你的生活失去了压力，那么“空虚”就会找上门来。无所事事，对生活失去兴趣的状态比高压状态更加不利于你的心理和生理健康。其实有很多生活在高压中的人能够笑对压力。

我国知名的心理咨询专家曾奇峰先生说过：心理压力是魔鬼与天使的混合体。它就像是能带给人心灵的和躯体的双重伤害的魔鬼，而另一方面，压力又能让我们保持较好的觉醒状态，智力活动处于较高的水平，可以更好地处理生活中的各种事件。

现代人大都背负着沉重的生活压力，时常担心这个，担心那个。面对这么多的压力，你该试一试“沙漏哲学”，既然你所忧虑的事不是一时半刻就能改变的，你就要用另一种心情去面对。

二次大战时期，米诺肩负着沉重的任务，每天花很长的时间在收发室里，努力整理在战争中死伤和失踪者的最新纪录。源源不绝的情报接踵而来，收发室的人员必须分秒必争地处理，一丁点儿的小错误都可能会造成难以弥补的后果。米诺的心始终悬在半空中，小心翼翼地避免出现任何差错。

在压力和疲劳的袭击之下，米诺患了结肠痉挛症。身体上的病痛使他忧心忡忡，他担心自己从此一蹶不振，又担心自己是否能撑到战争结束，活着回去见他的家人。在身体和心理的双重煎熬下，米诺整个人瘦了 34 磅。他想自己就要垮了，几乎已经不奢望会有痊愈的一天。身心交相煎熬，米诺终于体力不支倒地，住进医院。

军医了解他的状况后，语重心长地对他说："米诺，你身体上的疾病没什么大不了，真正的问题出在你的心里。我希望你把自己的生命想象成一个沙漏，在沙漏的上半部，有成千上万的沙子。它们在流过中间那条细缝时，都会变得缓慢，除了弄坏它，你跟我没办法让很多沙粒同时通过那条窄缝。人也是一样，每一个人都像是一个沙漏，每天都是一大堆的工作等着去做，但是我们必须一次一件慢慢来，否则我们的精神绝对承受不了。"

医生的忠告给了米诺很大的启发，从那天起，他就一直奉行着这种"沙漏哲学"，即使问题如成千上万的沙子般涌到面前，米诺也能沉着应对，不再杞人忧天。他反复告诫自己："一次只流过一粒沙子，一次只做一件工作。"没过多久，米诺的身体便恢复正常了，从此，他也学会了如何从容不迫地面对自己的工作了。

人没有一万只手，不能把所有的事情一次解决，那么又何必一次为那么多事情而烦恼呢？不能即时改变的事，你再怎么担心忧虑也只是空想而已，事情并不能马上解决；你应该试着一件一件慢慢来，全心全意把眼前的这件事做好。

压力是客观存在的。你不可能减掉所有的压力，但是把压力放在沙漏里，让它一点一点地囤积，又一点一点地漏下，你的生活就能找到平衡，心情也能归于平静，我们也才能活得轻松自在。

给心灵一个合适的包袱

生活中，不少人畏惧压力，逃避压力，因为压力会让人倍感沉重，喘不过气来。其实，压力又何尝不是一种动力呢？它会带给我们痛苦和沉重，但也能激发我们的斗志和内在的激情。试想，不管学生多么勤奋，但得到的全是一样的考分；不管员工多么努力，但得到的是相同的工资。那么，谁还会有激情？谁还愿意继续努力？这样，人人就只会混日子，变得越来越懒散，激情也将消失殆尽。

压力不仅能激发斗志，压力还能创造奇迹。

日本的北海道盛产一种味道珍奇的鳗鱼，海边渔村的许多渔民都以捕捞鳗鱼为生。鳗鱼的生命非常脆弱，只要一离开深海区，要不了半天就会全部死亡。

有一位老渔民天天出海捕捞鳗鱼，奇怪的是，返回岸边之后，他的鳗鱼总是活蹦乱跳。而其他捕捞鳗鱼的渔民，无论怎样对待捕捞到的鳗鱼，回港后均是死的。

由于鲜活鳗鱼的价格要比冷冻的鳗鱼贵出一倍，所以没几年工夫，老渔民便成了远近闻名的富翁。周围的渔民做着同样的事情，却只能维持基本的温饱。

后来，人们才发现其中的奥秘。原来，鳗鱼不死的秘诀，就是在整仓的鳗鱼中放进几条狗鱼。

鳗鱼与狗鱼是出了名的死对头。几条势单力薄的狗鱼遇到成仓的对手，便惊慌地在鳗鱼堆里四处乱窜，这样一来，整船死气沉沉的鳗鱼就被激活了。

故事说明了一个非常简单的道理——对手能让我们提高警惕，压力可以激发我们的活力。人是需要紧张和压力的，如果没有既甜蜜又有痛苦的冒险滋味的“滋养”，人的激情和活力就无法存在。

常言道：“井无压力不出油，人无压力轻飘飘。”生活中，人们经常有这样的感觉，挑着重担的人比空手步行的人要走得快，其中的奥妙，便是压力的作用。人生一世，轻松愉快只是一种可能，而承受不同程度的压力则是一种必然。在工作中、生活中遇到的困难、挫折、不幸，是一种压力；生活节奏加快，竞争日趋激烈，追求的痛苦、爱情的困惑，更是压力……我们无法撇开压力去谈人生。

压力如苦胆，但勾践卧薪尝胆，终率三千越甲吞吴，俘获了终日与西施畅游后宫的夫差；宫刑的压力如山，但司马迁并未逃避或自绝于世，贫病之中，他完成了辉煌巨著《史记》……

心理学家认为，压力是每个人生活中不可缺少的一部分，压力的刺激，能使人振作。

自然界曾有一种腔棘鱼，又称“空棘鱼”，它因脊柱中空而得名。生物学家在白垩纪之后的地层中找不到它们的踪影，因此得出结论：这个登陆英雄已经告别了世间，全部灭绝了。1938 年在南非，人们发现了一条腔棘鱼，没想到这种史前鱼种还活着！

在距今4亿年前的泥盆纪时代，腔棘鱼的祖先凭借强壮的鳍，爬上了陆地。经过一段时间的挣扎，其中的一支越来越适应陆地生活，成为真正的四足动物；而另一支在陆地上屡受挫折，又重新返回大海，并在海洋中寻找到一个安静的角落，与陆地彻底告别了。

谁会想到，这个安静的角落就是11000米深的海底。要知道，人类入海比登天还要难。首先是巨大的压力：水深每增加10米，压力就要增加1个大气压。在11000米深的海底，压力将高达1100个大气压，别说人的血肉之躯，就是普通的钢铁构件也会被压得粉碎。

还有海底的恶劣环境：黑暗、寒冷！太阳光进入海中很快被吸收，10米处的光能只及海洋表面的18%，100米深处则只有1%了。光线稀少，热量自然难留，水下的寒冷、黑暗可想而知。然而，腔棘鱼通常生活在非常深的海底，并把自己隐藏在海底礁石的洞穴里。

在恶劣的海底，它们学会与压力共处，在自己创造的历史里痛并快乐地生存着，超乎想象地存在了4亿年。

腔棘鱼的奇迹告诉了人们一个道理：压力，并非痛苦、沉重的代名词，直面压力，愈挫愈勇，人生将奇妙无比。当然，压力也不能太大，大得难以承受，人就会被压垮。

压力不能没有，又不能过大，同时压力也无法摆脱，生活就是这样，充满着矛盾，我们只能选择适应生活和改变自己。当你没有了激情，懒懒散散，那就给自己加压，定下一个目标，限期完成；当你感到压力使你心身疲惫，都快成机器了，你就要进行压力舒解，放下一些攀比和力不从心的追求，这样才能在平衡压力的过程中迈向成功。

会休息，赢得好状态

一位专栏作家曾这样描述过一个美国普通上班族的一天：7点铃声响起，开始起床忙碌：洗澡，穿职业套装——有些是西装、裙装，另一些是大套服，医务人员穿白色的，建筑工人穿牛仔和法兰绒T恤。吃早餐（如果有时间的话）或抓起水杯和工作包（或者餐盒），跳进汽车，接受每天被称为高峰时间的惩罚。从上午9点到下午5点工作——扛起额外增加的工作，不断看表，思想上和你内心的良知斗争，行动上却和你的老板保持一致。再次微笑。下午5点整，坐进车里，行驶在回家的高速公路上。与配偶、孩子或室友友好相处。吃饭，看电视。8小时天赐的大脑空白。装得忙忙碌碌，掩饰错误，微笑着接受不现实的最后期限。当“重组”或“裁员”的斧子（或者直接炒鱿鱼）落在别人头上时，自己则长长地松了一口气。

泰戈尔曾说过：“休息与工作的关系，正如眼睑与眼睛的关系。”很多人因为想要获得事业上的成功，总是强迫自己无休止地工作。他们拒绝休假，公文包里塞满了要办的公文。如果要让他们停下来休息片刻，他们也会认为纯粹是浪费时间。这些人都成功了吗？没有，他们中很多人不但没有成功，相反，有的使自己身心疲惫，有的甚至疏远了亲人，造成家庭的破裂。休息和运动一样重要。如果缺乏休息，身体会积劳成疾。因此，我们把休息称为是对身体的充电。

每当电池快没电时，我们就要及时充电，如此才能确保它继续正常运作。人也一样，经过一天的持续工作之后，我们的能量需要进行补充，否则很难在第二天保持旺盛的精力。

我们要学会休息，以确保自己能有充足的精力去工作。当有人感到心力交瘁之时，可能会使自己的健康状态和工作能力停滞，做出不合时宜的举动来。此时你的身体就像一只耗掉大部分电量的蓄电池，无法再如平时一般正常工作。

什么是正确的休息方法呢？一般人可能会认为，最有效的休息方法就是睡眠。许多人因为工作过度繁忙而长期失眠，因此对于自己的疲倦感到无能为力。但事实证明，睡眠并不是唯一的休息方式。

当一个人工作得太久了，疲惫和压力就会产生，这时如果不改变一下工作的步调，很可能会造成情绪不稳定、慢性神经衰弱以及其他的毛病，这时需要调节一下。调节不一定需要休息，从脑力劳动转换去做几分钟体力劳动,从坐姿变为立姿,绕着办公室走一两圈，都可以迅速恢复精力。

另外，人类的心灵需要安静、独处与平和的时间，以利于忘记竞争的压力。因此，不妨在自己繁忙的时间表上，安排几分钟或十几分钟静坐默想的时间，以获得内心的平静，让自己摆脱竞争的忙碌和工作的压力，退一步看看自己究竟在做什么。

当然，小睡也是一种有效的休息和恢复精力的方法。小睡与正常睡眠不矛盾，它因人而异，有时打个盹儿就能起作用。通常正常的睡眠以能恢复体力即可，不可贪睡；而白天的小睡则是一种既不多占时间又能有效地恢复体力的休息方法。

休息是为了获得更好的状态，掌握了有效休息的方法，你的工作效率也将大大提高。聪明的人，会挣钱，爱工作，更要会休息。人就像机器，无休止地运行只会死机。

深呼吸，轻装前行

一位著名的心理咨询师说："压力就像一根小提琴弦，没有压力，就不会产生音乐。但是如果弦绷得太紧，就会断掉。你需要将压力控制在适当的水平，使压力的程度能够与你的心智相协调。"但随着生活节奏加快，工作压力增加，人际关系日益复杂，家庭生活也有了越来越多的变数……情绪、心理疾患日益困扰现代人，在生活和工作的重压下，很多人常常控制不住自己的情绪，结果不仅自己失态，还会给周围的人造成很不好的影响。

40 岁的阿利是一位 IT 高级经理，在单位里他的脾气好是出了名的。但最近这两个月部门的销售形势出现了"瓶颈"，尽管上上下下每天在外面跑，可业绩榜上还是"吃白板"。一天大老板关起门，"和颜悦色"地给他上起了销售培训课，即便没有一句训斥的话，可他还是觉得脸上挂不住。而平时十分细心的助理丽丽在这时把一份报告打错了。一股无名之火立即蹿了上来，他拍着桌子，把报告扔到了丽丽头上，小姑娘眼泪滴滴答答地往下流，他还是照样扯着嗓子不罢休。后来冷静下来，他自己也觉得有点失态，追根寻源，还是工作压力太大惹的祸。

无处不在的压力给现代人的情绪带来了恶劣的影响，你肯定也有亲身体会：是不是莫名其妙地发脾气、烦躁，看什么都不顺眼；坐公交车、地铁，看旁边两个人有说有笑你就来气；别人不小心踩了你的脚，你就像找到发泄的渠道一样，跟人大吵了一架……

其实，这些坏情绪都是压力带给你的，当压力越来越大，你的情绪越来越差时，结果只有两个，那就是：不在压力中爆发，就在压力中灭亡。当然，这两个结果我们最好是选择前者，情绪不好，发泄出来就可以缓解了。

姜玲是一家大型公关公司的客户总监，平均每天要工作 10 小时以上，最要命的是，常常要同时应对客户、同事、上司几方面的压力。“3 个月前接一个项目，客户是一家外地民营公司，不了解这边的情况，提出很多无理的要求。这两个多月，我不断地打电话，发电子邮件，光是‘空中飞人’就当五六次，就是为能把事情沟通好。实在是压力太大！”姜玲说。这边的事情还未处理好，同事中又有临时“掉链子”的，作为项目负责人的姜玲终于撑不下去了。

“那天我回到家，一个人喝半瓶红酒，突然觉得很累，也很委屈，就趴在枕头上大哭一场，嗓子都哭哑了，后来睡着了。”

“哭能让我的心情变好。”第二天清醒过来的姜玲意识到这一点。

所以说，保持心理健康的一个重要手段就是及时排解不良情绪，把心中的不平、不满、不快、烦恼和愤恨统统及时倾泻出去。请记住，哪怕是一点小小的烦恼也不要放在心里。如果不把它发泄出来，它就会越积越多，乃至引起最后的总爆发，导致一些疾病产生。

在快节奏的生活之下，我们要学会调节，把不良的情绪宣泄出来，让自己得以从重压之下解脱出来，轻装前行。

燃烧压力的干柴

生活中最大的压力之一，就是停留在目前的状态而不能有所突破。很多人往往被这种低迷的状况压抑得近乎窒息。就如一座大山横陈在眼前，对前程感到迷茫。那么，如何才能摆脱这种生存状态，重新扬起远航的风帆呢？

处在低迷状态中的人，意志会变得消沉，情绪也极易由于长期的压抑而悲观。但是，你要明白，所有成就都是拥有明确理想的结果，如果你要想摘得这枚果实，就点燃心中的希望之火，把压力当干柴来燃烧。

几年前，北京曾经开办了一个独特的训练营，称为“拓展”训练。拓展训练的内容其实很简单，它设计了一些户外的游戏项目——当然所有的项目都有它们的目的，然后让参加训练的学员一一去通过这些训练项目。

拓展训练中有一项游戏项目是：在10米高台前方大约半米的空中悬着1根吊着的横木，每个学员都必须从10米高的台上起跳，然后向上、向前跃起，抓住那根横木。

辅导老师给每一位学员保证，即使他们没有抓住横木也绝对安全，因为在10米台下面有一张网。前面尝试的学员也给后面的学员做出了表率，每个人都十分轻松地抓住了横木，有些学员抓住了横木又松手，也安全地掉在网里，毫发无损。

但有一位年轻的女记者站在台上，无论辅导老师和她的同事如何鼓励，她涨红了脸，脚哆嗦着，始终不敢跳起来去抓那横木。她自己很清楚，只要跳起来，就一定可以抓住横木的，她也完全信任下面的网，相信自己不会有任何危险，而且她也不是那种害怕在人前丢丑的人。可她却怎么也不敢跳起来，别的女生最多犹豫一两分钟就能轻松完成任务，可她站在上面足足有一个多小时，始终没有跳起来。

她没有尝试就下去了。

这位年轻的女记者的问题出在心理的不平衡上。她的认知告诉自己一定可以成功，一定要尝试成功，可她的心在外在环境的压力中犹豫。认知和心态的冲突使她无法采取行动，而无法行动的尴尬又增加了她的内在压力。总之，她告诉自己应该有信心，她跳跃的能力和横木的位置使她毫不怀疑自己只要跳起来就能取得成功。可是，紧张、胆怯，完全消灭了她的自信，抑制了她采取行动。她只须跳起来就能成功，可在压力下她连跳起来的勇气也没有。

在对成功的追求中，我们许多人都面临过同样的处境。环境使我们必须去做一件事，我们也知道该怎么去做，我们实际上也有能力去做，可内心却有种力量妨碍了我们采取行动。一个人想要生活得轻松一些,让生活中的压力得到有效缓解,在心情舒畅中获得成就，就必须先使自己的思想升华。一个人若是拒绝树立远大理想，他将永远处于怯懦、悲观绝望的境地。而一个理想远大的人，无论身处什么样的境地，都会对明天充满希望。更为可贵的是，他们永远不懈地追求，最终会使自己的梦想成真。

点燃压力的干柴，化压力为前进的动力，让自己的人生从中得以升华。

放慢节奏，身心和谐

身与心的和谐是一个人健康的基础，而情绪活动又是心理因素中对健康影响较大，作用较强的一部分。长期快节奏地工作和生活导致的疲劳看似细小轻微，但若不注意，轻则降低工作效率、生活质量，重则导致多种身心疾病。

陈先生是一家企业的营销主管，每年的销售任务都很重，同行业竞争又特别激烈。他说自己都快成了“空中飞人”了，一个城市接一个城市地出差，没有节假日，有时候午饭都没时间坐下来吃，常常是边走边吃边思考。最近他经常感到胸闷不舒服，刚开始没有太在意，后来，情况更加严重，出现气短、心跳加快、出虚汗等现象，到医院检查才知道患了冠心病。

黎先生，从事宣传工作十几年，繁重的工作总是需要他在五分钟内审阅一份文件，半小时内写一篇稿子。有时候半夜一点了还在赶稿子，节假日也不能休息，因为还有好多事需要他去做，他觉得自己和卓别林演的电影《摩登时代》里流水线上的工人差不多。几年下来，工作业绩上去了，职位和薪水也提升了，但是血压也跟着高了，随之而来的还有糖尿病。

生活中，像陈先生、黎先生这样的人还有很多。由于工作节奏的不断加快，人们不得不时时刻刻想着自己的工作，累了、倦了、病了也要坚持，因为他们害怕一旦慢下来、停下来就会被别人超越，那么以前的努力就全白费了。在这种思想的控制下，人的精神会处于越来越紧张的状态。受压抑的感情冲突未能得到宣泄时，就会在肉体上出现疲劳症状，甚至引起心理的扭曲变态，导致心理疲劳。在此种情况下，一旦发生弹性疲乏，势必造成精神上的崩溃。

长期从事快节奏的工作，人还会出现神经衰弱的各种症状，例如烦躁不安、精神倦怠、失眠多梦等神经症状，以及心悸、胸闷、筋骨酸痛、四肢乏力、腰酸腿痛和性功能障碍等其他症状，甚至可能引发高血压、冠心病、癌症等疾病。可以说快节奏工作的人永远在寻找“奶酪”，但永远无法跷起二郎腿享受“奶酪”。

其实，压力最大的是那些中级的管理阶层，在单位是中坚，在家里是支柱，既要投身于市场竞争，又要解决家庭琐事，他们没有雄厚的经济实力，也没有甘于平凡的平常心。他们不甘落后，白手起家，担负着家人的厚望，拿着不菲但总送到商家口袋的工资，忙于拼命，身不由己，精神压力之大可想而知。但他们没有及时排解，导致身心负担加重，免疫系统受损，抵抗力低下，最终导致各种疾病。

快节奏的工作和生活只会令我们的身体变得越来越糟，因此，我们要学会放慢节奏，缓解压力，让自己的身心得以调节到最佳的状态。